JEHAN DE LOIN

BERTRAND SOLET

JEHAN DE LOIN

Illustrations :
Florence Magnin

Le Livre de Poche Jeunesse

1

Des soldats dans la campagne

L'homme marchait d'un pas ferme sur le sentier à peine tracé, trouant la forêt en ligne droite. Ses pieds chaussés de larges bottes s'enfonçaient dans la boue et dans les tas de feuilles gisantes, jaunies par l'automne. Il marchait. Son corps était couvert d'une épaisse tunique de peau, serrée à la taille par une ceinture où pendait une longue épée enfoncée dans son fourreau. Sur son dos : une besace et une viole enveloppée de toile. Dans sa main droite : un bâton noueux. Dans sa gauche : le bout d'une chaîne. Et au bout de la chaîne un gros ours brun qui suivait paisiblement son maître, tournant parfois la tête pour humer sur l'herbe des traces anciennes de bêtes passées par là...

Le sentier montait en pente parfois raide. Ils marchèrent longtemps. Puis les arbres s'éclaircirent. L'homme et l'ours arrivèrent au sommet d'une sorte de colline boisée. Il y soufflait un petit vent humide et perçant. L'homme s'arrêta, leva la tête.

« Regarde, Colosse, dit-il en s'adressant à l'ours. Nous voilà presque arrivés. »

À l'horizon, dans la plaine, distantes de deux à trois portées de flèche, s'élevaient les tours d'un puissant château. Un fossé plein d'eau en faisait le tour. Sur le pont-levis baissé veillaient des soldats en armes.

« C'est là que tu danseras demain, continua l'homme. C'est là que je jouerai et que je chanterai, pour le puissant seigneur de Maldoret, sa fille, ses invités... »

L'ours agita la tête et grogna comme s'il comprenait.

« Nous mangerons à notre faim, Colosse, et puis nous repartirons, vers un nouveau château, à travers d'autres plaines, à travers d'autres forêts, en allant vers le Sud parce que l'hiver approche... Il paraît que dans le Sud, plus loin que le royaume

de France, non seulement il y a du soleil, mais la vie y est plus douce. »

L'homme se tut pour mieux regarder : en bas, au château, les soldats s'écartaient précipitamment. Une troupe de cavaliers passait le pont-levis et s'élançait dans la campagne. Les cavaliers étaient vêtus de cottes de mailles, armés de lances, d'arcs et d'épées. Le fer tressé emprisonnant leurs têtes tombait jusqu'à leurs épaules.

« Je n'aime pas les troupes de gens d'armes,

Colosse, dit l'homme. En général, elles ne présagent rien de bon. Mais cela ne nous regarde pas. Tiens, nous allons passer la nuit au bord de ce ruisseau. Couche-toi là et ne bouge pas. Je vais ramasser des branches, allumer un feu et construire un abri. Il y a des nuages. »

La troupe que le trouvère avait vue du haut de la colline boisée se composait de dix hommes. Celui qui galopait en tête s'appelait Jérôme d'Enfer, capitaine des gardes du puissant comte Louis de Maldoret...

Sous son front bas, ses yeux brillaient d'une flamme méchante. Sa force et sa brutalité étaient connues et craintes dans toute la province. Car c'est Jérôme d'Enfer qui allait chez les paysans percevoir la part due à son maître sur les récoltes. Il ne se contentait pas de la moitié du blé, du seigle, du chanvre, des légumes... Non, le capitaine n'hésitait pas à puiser plus largement encore. Quand il n'y avait plus rien dans les granges et les greniers, on disait que Jérôme d'Enfer s'arrangeait toujours pour trouver quand même quelque chose... La perception des impôts du seigneur ne représentait d'ailleurs qu'une partie des activités du capitaine. Depuis son arrivée au château, le nombre de valets et de servantes avait fortement diminué. Non qu'il y eût moins de travail pour le service, l'entretien, etc., du comte, de sa suite, de ses chiens, de ses chevaux. Mais Jérôme d'Enfer suppléait au manque de main-d'œuvre par une augmentation massive des corvées. Tous les prétextes lui étaient bons et, même sans prétexte, ses gardes parcouraient la campagne, ramassaient les paysans, les ramenaient au château à grand renfort de coups quand les cris ne suffisaient pas... Une vraie calamité, ce capitaine ! Et il n'était pas facile de lui résister : derrière le château se dressait la potence et dans le château même des oubliettes humides, profondes, pleines de rats, s'enfonçaient, disaient les paysans, jusqu'au centre de la terre...

La troupe galopa cinq bonnes minutes jusqu'à ce qu'elle soit en vue d'une pauvre maisonnette en torchis, couverte de vieux chaume, plantée au milieu d'un maigre jardin. Le cheval de Jérôme d'Enfer se cabra alors sous la poigne en fer de son maître. Derrière, les gardes s'arrêtèrent eux aussi.

« Nous y sommes, lança Jérôme d'une voix rude. Trois cavaliers à droite, trois à gauche ! Le reste avec moi ! Entourez la maison et tuez si quelqu'un cherche à fuir ! Compris ! Et maintenant, en avant ! »

Les dix cavaliers s'élancèrent. Jérôme d'Enfer galopait droit sur la chaumière. Il ne tarda pas à l'atteindre, sauta lestement de cheval, imité par ses trois soudards. D'un coup de botte, il enfonça la porte.

« Holà ! cria-t-il en entrant. Y a-t-il quelqu'un ? »

Une vieille femme toute tremblante, de noir vêtue, se leva du pied de l'âtre où elle se trouvait assise... L'intérieur de la maison, une simple pièce, respirait la pauvreté.

De rares ustensiles de cuisine sur un vieux coffre, une sorte d'alcôve au fond avec le lit (une caisse remplie de foin). À droite, un emplacement vide, normalement prévu pour y loger un vache, ou des porcs, ou de la volaille. Le sol était jonché de feuilles mortes.

« Qu'y a-t-il, messire ? murmura la vieille.

— Tu es bien la Jeanne, n'est-ce pas ?

— C'est moi, messire.

— Tu dois me connaître. Je m'appelle Jérôme d'Enfer, capitaine des gardes, et je viens de la part de mon seigneur et maître, Louis, comte de Maldoret. Tu te souviens de n'avoir point payé ce que tu dois à la Saint-Michel ?

— Hélas ! messire, gémit la femme. Comment l'aurais-je fait ? Notre pauvre récolte a été dévastée en août, vous le savez bien. La chasse de monseigneur Louis a ravagé le jardin, détruisant les épis sur pied.

— Pardon, la vieille ! Est-ce la faute à monseigneur Louis si un cerf est venu se réfugier près de ta cahute ?

— J'avais un cochon, messire. Mais je le devais aux gens de l'évêché, continua la vieille femme. Il ne me reste rien.

— Vous dites tous la même chose. Comment voulez-vous donc que vive monseigneur Louis ? Et sa suite ? Et sa garde ? N'oubliez pas que toutes ces terres sont à lui.

— Et nous ? Comment voulez-vous que l'on vive ? Les moissons ont été mauvaises, l'hiver approche, ce sera la famine...

— Tais-toi donc, la vieille. On sait bien que vous avez toujours quelque chose de caché dans un coin, ou enterré quelque part...

— Ce n'est pas vrai, messire ! »

Jérôme d'Enfer ferma les poings. Son visage devint rouge. Puis il sembla se radoucir. Un sourire cruel éclaira son visage. Sa voix se fit mielleuse :

« Donc, tu ne veux pas payer ? J'en étais sûr. Il faudrait te punir. Mais monseigneur Louis dans sa grande bonté t'offre un moyen pour acquitter ta dette.

— Lequel, messire ? murmura la femme avec empressement.

— Tu as un fils vigoureux. Bientôt un homme. Nous en avons besoin au château. Il travaillera à l'élargissement du fossé.

— Mais, si vous le prenez, messire, comment passerai-je l'hiver sans son aide ? Et ce n'est pas un travail pour un enfant, dans l'eau, par le temps qu'il fait, du matin au soir. L'an passé il en est mort beaucoup...

— Assez raisonné, la vieille ! Où est ton fils ?

— Non ! je ne vous le dirai pas... laissez-le !

— Comment ! rugit Jérôme d'Enfer, explosant de rage. Tu ne nous le diras pas ? Gardes, fouillez-moi cette maison ! »

Les gardes se précipitèrent, la fouille fut bientôt faite. Personne dans la chambre du rez-de-chaussée. Une échelle en bois menait vers le grenier rempli de fagots préparés pour l'hiver et de tas d'herbes sèches.

Les gardes firent le tour du grenier, percèrent à coups de lance les bottes de foin et redescendirent rapidement.

« Personne, capitaine », dirent-ils en chœur.

Le capitaine se tourna une nouvelle fois vers la femme qui attendait, anxieuse et pâle.

« Où est ton fils ?

— Je ne vous le dirai pas.

— Très bien ! gronda le capitaine d'Enfer. Mettez le feu à la cahute ! Enchaînez la femme, on l'emmène au château. Quant à son fils, on le retrouvera bien. Et alors gare ! »

Alain dormait. Non pas qu'il eût tellement sommeil, mais ayant faim, il appliquait le proverbe disant : « qui dort dîne ». Il dormait donc, tout près, dans le grenier, à côté de la lucarne, enfoncé jusqu'au cou dans le foin qui tient chaud. Il rêvait qu'il était à cheval dans le champ clos d'un tournoi. Son armure d'or étincelait au soleil, un valet lui tendait sa lance. Les hérauts sonnaient sur leurs longues trompettes le début du combat. Son cheval bondissait en avant. La lance pointée, bien en main, il visait la poitrine de son adversaire, un cavalier vêtu de noir qui lui aussi galopait à sa rencontre. Sous le choc, le cavalier noir vidait les étriers et tombait lourdement dans la poussière. La foule criait : « Noël ! Noël ! Noël ! Vive Alain l'invincible ! » Lui, souriait, levait haut sa lance pour saluer le public. Les dames agitaient leurs écharpes...

Hélas ! des bruits perçants de voix le réveillèrent à ce moment précis. Réalisant qu'il se passait quelque chose dans la maison, il prêta l'oreille et entendit la fin de la conversation entre le capitaine et sa mère. Avant qu'il n'eût le temps de bouger, la trappe du grenier remua et s'ouvrit, livrant passage à deux soldats. Alain s'enfonça dans la paille.

Les soldats fouillaient mollement le grenier ; pourtant un fer de lance lui frôla le corps. Il se retint pour ne pas crier.

Les soldats redescendirent. Il se hasarda à bouger et à jeter un coup d'œil par la lucarne. Ce qu'il vit le fit tressaillir : sa mère était dehors, attachée par les mains aux selles de deux chevaux. Alain bondit vers l'échelle... et recula avant d'avoir pu l'atteindre : des flammes hautes montaient en sifflant du rez-de-chaussée et embrasaient déjà le foin et le bois du grenier ; les murs en torchis crépitaient et flambaient.

Il recula jusqu'à la lucarne et de nouveau se pencha. Les soldats commençaient à s'éloigner, riant bruyamment parce que l'un d'entre eux avait planté au bout de sa lance les trois derniers choux du jardin. Alain enjamba la fenêtre. Heureusement pour lui, une fumée épaisse accompagnait les flammes, le rendant invisible. S'agrippant au mur des pieds et des ongles, il descendit, il dégringola plutôt jusqu'au jardin. Il était temps : la maison brûlait déjà tout entière, comme une torche. Alain se laissa tomber à plat ventre sur le sol et rampa vers l'arbre le plus proche.

Un garde à ce moment se retourna. Il s'en fallut d'un cheveu qu'il aperçoive l'adolescent. Par chance celui-ci en fut quitte pour la peur.

La troupe se regroupait, se remettait en marche, la vieille femme au milieu d'eux, forcée de suivre le pas rapide des chevaux.

« Ce sera tout pour aujourd'hui, disait Jérôme d'Enfer. Et demain nous restons au château. C'est

fête. Notre intendant, Colin le Triste, m'a promis de sortir des tonneaux au milieu de la cour où vous pourrez boire jusqu'à plus soif. »

Les soldats applaudirent vigoureusement leur capitaine.

La rage au cœur, Alain suivait la troupe. Il compta les soldats : dix. Des hommes hauts et forts, armés jusqu'aux dents, tous les dix à cheval... Lui n'avait que quinze ans et un petit poignard à la ceinture, trouvé dans la forêt un lendemain de bataille entre les hommes du seigneur de Maldoret et ceux d'un autre seigneur du voisinage.

Se cachant derrière les arbres, retenant ses larmes, ne sachant que faire, Alain se retrouva près du château, la herse en fer se releva ; et quand il vit les soudards s'engager sur le pont-levis, et sa mère disparaître, il se laissa choir sur place, tout de son long, la tête au sol. De gros sanglots l'étouffaient, ses mains se crispaient sur des touffes d'herbe...

2

La rencontre d'Alain

Le jeune garçon resta longtemps allongé sur le sol jusqu'au moment où le soir obscurcit le paysage, jusqu'au moment où il commença à faire vraiment froid. Il pensait à sa mère et aux horribles oubliettes du château, il pensait qu'il aurait voulu être un homme, avoir une épée à la main et devant lui Jérôme d'Enfer, le comte Louis, ou bien même tous les deux ensemble.

Enfin, il se leva, triste et transi, reprit machinalement le chemin de la maisonnette. Il n'en restait plus qu'un tas de ruines fumantes. Alain baissa la tête en soupirant et s'éloigna, le cœur serré. Il ne savait où aller, parce que le seigneur le cherchait et que, partout où il irait, il amènerait avec lui le danger, les coups, la prison, la mort peut-être. Il se doutait bien pourtant qu'aucun paysan ne lui aurait refusé l'hospitalité, malgré les risques, ni les voisins, ni les bûcherons dans la forêt.

La nuit était tombée, une nuit noire. Aucune étoile ne perçait dans le ciel les lourds nuages en mouvement. Alain se retrouva du côté de la forêt toute proche. Il errait sans but. Bien que connaissant les environs mieux que personne, il commençait à sentir la peur s'installer en lui. Les branches des arbres semblaient dans l'ombre des personnages terrifiants, sortis tout droit de l'enfer. Le moindre bruit ressemblait aux longs cris des hordes de loups affamés, qui la nuit s'approchaient jusqu'aux portes des maisons.

Alain pensait justement aux loups quand il entrevit à travers les arbres les lueurs d'un feu. Il s'approcha prudemment, attiré par cette lumière. Soudain, au moment où il s'y attendait le moins, une masse sombre se dressa devant lui avec un grognement sourd. Alain poussa un cri.

« Halte, Colosse ! » fit une voix.

L'éclat d'une torche l'éblouit. Quand il parvint à rouvrir les yeux, devant lui se tenaient un homme de haute stature et, à côté, un ours plus grand encore. Ils n'avaient l'air méchants ni l'un ni l'autre.

« C'est un enfant, reprit l'homme, se parlant à lui-même. Avance un peu... Que fais-tu là, seul, de nuit, dans la forêt ? »

Alain ne répondit pas.

« Comment t'appelles-tu ? continua l'homme.

— Alain.

— Moi, je m'appelle Jehan de Loin. Je suis trouvère. Viens t'asseoir, tu auras chaud. »

Un feu brûlait dans un coin de clairière. Du creux d'un arbre, Jehan avait fait le fond d'une hutte, agrandie par des branches avancées. Le tout constituait un abri suffisant pour l'homme et pour la bête.

« As-tu faim ? » demanda Jehan.

Alain ne répondit pas, mais ses yeux brillèrent.

« Mange. »

Alain s'assit auprès du feu et prit le pain et le miel offerts : un quignon de pain noir de seigle et un beau miel brun, durci.

« C'est le dernier miel de la saison sans doute, dit Jehan. Colosse n'a pas son pareil pour le dénicher. Il ne craint pas la piqûre des abeilles, lui, sa fourrure est trop épaisse... Il adore ça, le miel (il rit). Un jour même Colosse est entré dans le rucher d'un couvent, par-dessus le muret. Les moines ont cru que c'était le diable ! »

Le garçon mangeait avidement. Jehan se tut et le laissa tranquille tout le temps que dura le frugal repas. Ses yeux profonds détaillaient le jeune paysan avec sympathie. Il faut dire qu'Alain était un bel adolescent, à la mine franche et décidée.

Une fois Alain rassasié, il leva la tête et à son tour sourit à Jehan de Loin. Ce dernier lui tendit sa gourde :

« Bois, dit-il, c'est de l'eau fraîche de source, la meilleure boisson du monde. »

Le garçon but.

« Alors, reprit le trouvère. Que t'arrive-t-il ? »

Alain n'hésita plus à lui raconter son histoire : la venue des soudards du château avec leur chef, Jérôme d'Enfer, et la maisonnette incendiée, et sa mère emmenée, sans doute maintenant jetée au fond d'une oubliette... En parlant, le garçon une nouvelle fois n'arrivait pas à retenir ses larmes.

« Calme-toi, lui dit Jehan doucement. Il ne sert à rien de se désoler.

— Je sais... vous allez me dire qu'il faut me résigner.

— Que nenni ! Cela n'est point dans ma théorie. Je pense au contraire qu'il faut réagir et appli-

quer en toutes choses le vieil adage : Aide-toi, le Ciel t'aidera. »

Alain le regarda ; une lueur d'espoir naissait en son cœur. Il demanda :

« Mais quoi ? Que faire ?

— Honnêtement, je ne sais pas, répondit le

trouvère. Réfléchis toi-même : n'as-tu point quelques compagnons qui pourraient te conseiller et t'aider ? »

Alain fronça les sourcils et répliqua :

« Oui, sans doute.

— Alors, vois-les au plus tôt. Inventez quelque chose ensemble, sans garder les deux pieds dans le même sabot. Quant à moi, j'entre demain matin au château. J'y jouerai de la viole et Colosse leur fera des gracieusetés. Si sur place je peux t'aider, je n'y manquerai pas. En attendant, tu vas dormir avec nous, tu as besoin de sommeil. »

Alain n'arrivait pas à se lever. Le trouvère le regardait tout pensif. Les flammes du foyer dansaient sur son visage énergique. Il ferma les yeux, appuyant son corps puissant contre le tronc d'un arbre.

« Vois-tu, dit-il lentement, d'une voix sourde. Moi aussi, un grand malheur m'a frappé, j'avais juste ton âge. C'était il y a dix ans. J'habitais Paris avec ma famille. Tu ne dois pas connaître Paris, toi. C'est la ville où demeure le roi de France dans un palais. Une grande ville, pleine de maisons serrées les unes contre les autres, pleine de bruits, de gens de toutes sortes : des marchands, des artisans... Nous voyagions beaucoup : mon père était un noble magistrat, ses obligations l'appelaient dans tous les coins du royaume. Un jour de beau printemps, nous nous trouvions à quelques lieues d'une ville portant le nom de Clermont-Ferrand. Il y avait du soleil : mon père, ma mère, mes deux sœurs décidèrent de s'arrêter pour se reposer un peu dans un endroit plein de fleurs, de verdure. Je me souviens d'un torrent qui coulait là entre les arbres... Moi, avec un valet, je partis à la chasse à travers bois et taillis sur les traces d'un renard. Lorsque je revins, au bout de deux heures peut-être, un spectacle terrible m'attendait : ma famille avait été attaquée par une bande de routiers surgie à l'improviste. Tous gisaient à terre, égorgés, dévalisés, tous... mon père, ma mère, mes sœurs, les domestiques... Cette bande s'appelait "les Écorcheurs du Vivarais". Je ne suis jamais revenu à Paris. Des bohémiens m'ont recueilli. Ils sont morts un hiver avec leur singe aussi. Tu sais, un singe c'est un animal, comme une caricature humaine, plus petit, grimaçant, qui habite de l'autre côté des mers, vers le sud... Je suis resté avec Colosse. Nous allons de ville en ville, de château en château (la voix de Jehan de Loin se fit plus basse), et moi je cherche toujours à retrouver la trace des Écorcheurs du Vivarais. Il paraît que leur chef avait sur son bras droit un tatouage noir de serpent... tu vois... »

Alain s'endormit côte à côte avec l'ours à la fourrure chaude. La bête l'adopta tout de suite et frotta contre son épaule sa gueule muselée de cuir.

Quand il se réveilla au matin, après une nuit sans rêves, un soleil pâle et sans chaleur éclairait la forêt. Des oiseaux chantaient malgré le temps d'automne. L'ours et son maître étaient déjà partis.

3

Les compagnons

Gros Guillaume passait sa vie à vouloir manger. Jour et nuit son estomac criait famine. Satisfaire les cris de son estomac était sa préoccupation dominante, sa seule préoccupation réelle d'ailleurs. Fils de serf comme Alain, il réussit dans le temps, à force de ruses, à se faire admettre en qualité de marmiton aux cuisines du château. Le premier matin qu'il y entra, le cœur battant, il pensa défaillir : les pièces de viande disposées sur les tables, le gibier, les volailles grasses, l'odeur des sauces, tout cela lui monta à la tête... Il ne put se contenir et, dès qu'il vit les cuisiniers le dos tourné, occupés à autre chose, il se jeta comme un ogre sur les premiers aliments à sa portée. Les cuisiniers indignés le chassèrent à grands cris et à coups de bâton. Il ne dut son salut qu'à la fuite ; heureusement, en dépit de son ventre rond et de ses pattes courtes, Gros Guillaume courait comme un cerf.

Ce matin-là, Gros Guillaume parcourait la forêt pour voir si par bonheur quelque oiseau ou lièvre se serait laissé prendre aux pièges dont il parsemait tout le voisinage, en dépit des interdictions seigneuriales. À la seule pensée d'un repas possible, son visage rougeaud riait d'aise sous ses cheveux trop longs.

Penché au-dessus d'un trou, le garçon fouillait délicatement le sol, remettant un lacet d'aplomb du bout de ses doigts agiles. Un grand bruit d'herbes froissées se fit tout à coup entendre derrière lui. Il n'eut pas le temps de se relever : un rude coup sur les fesses l'expédia au sol. C'était une harde de sangliers déboulant sur la sente. Le premier d'entre eux venait de se heurter à un obstacle rond et charnu : la chute de reins de Gros Guillaume. Celui-ci durement bousculé fit le mort une fois par terre. Hélas ! les sangliers s'arrêtèrent. Deux d'entre eux se mirent à le renifler sans douceur avec leurs hures. Gros Guillaume voulut rester immobile, mais malgré lui un tremblement le saisit. Les sangliers grognèrent plus fort...

Soudain, une motte de terre atteignit le plus entreprenant en plein corps. Et les mottes de terre se mirent à pleuvoir. C'était Alain, surgissant au bon moment, voyant la scène d'un coup d'œil et intervenant pour chercher à attirer sur lui l'attention des animaux.

C'est ce qu'il réussit à faire. Les sangliers, irrités, se tournèrent vers le nouvel ennemi et le chargèrent. Alain ne les attendit pas sans bouger. Il grimpa lestement sur un arbre en criant :

« Sauve-toi, Guillaume ! »

Gros Guillaume ne se le fit pas dire deux fois.

Lorsque les sangliers, après un moment d'attente, reprirent leur course interrompue et disparurent au loin, les deux amis se rejoignirent. Gros Guillaume sauta au cou de son compagnon pour le remercier. Alain alors raconta son histoire. L'autre soupira, hocha la tête et dit :

« Il faut aller voir Pierrot. »

Alain acquiesça et sans plus attendre ils s'enfoncèrent tous deux au plus profond de la forêt.

Il fallait bien la connaître, la forêt, pour arriver

au village des bûcherons. On appelait ainsi les membres d'une quinzaine de familles qui avaient pour corvée l'approvisionnement du château en bois pour l'hiver, ainsi qu'en planches et en madriers de toutes sortes. Moyennant quoi, le seigneur de Maldoret les laissait à peu près tranquilles, cultiver leurs fèves, leurs pois et leurs raves.

Il faut dire que les bûcherons n'étaient pas hommes faciles à manier. Ils savaient s'organiser, cultivaient et travaillaient ensemble. Contrairement aux autres paysans qui, dès la première alerte, venaient se réfugier à l'abri des murailles du château, les bûcherons, lorsque les temps étaient troubles (et cela arrivait bien souvent, hélas !), préféraient disparaître dans le fond des bois, abandonnant leurs huttes misérables. Et personne n'arrivait à les dénicher dans leurs cachettes secrètes.

Même Jérôme d'Enfer les craignait depuis qu'un jour, sur son passage, un arbre s'était abattu, manquant tout juste de l'écraser. Maintenant, lorsqu'il venait les voir, au nom du seigneur Louis, il n'avait garde de venir seul, se faisant accompagner d'une forte escorte armée jusqu'aux dents. Chaque bûcheron en effet ne quittait jamais sa hache et tous savaient s'en servir à merveille.

C'est donc chez les bûcherons qu'Alain et Gros Guillaume retrouvèrent Pierrot, petit, sec, noueux, noir, franc comme l'or et malin comme un diable...

Tous les trois à l'écart, ils tinrent leur premier conseil de guerre.

« Il y a deux solutions, dit Pierrot.

— La première et puis la seconde, interrompit astucieusement Gros Guillaume, très en forme ce jour-là.

— Tais-toi ! répliqua Pierrot, on parle sérieusement. La première solution serait qu'Alain aille se livrer au château.

— Je suis prêt à le faire, dit Alain, pour sauver ma mère.

— Tu ne sauveras personne. Jérôme d'Enfer t'enverra sous bonne garde curer le fossé qui s'éboule de tous les côtés. Tu y mourras de froid et de sales maladies. Quant à ta mère, ça m'étonnerait qu'un sournois comme le capitaine la relâche.

— Il a brûlé ta maison, ajouta Gros Guillaume. Les gens disent que l'hiver sera rude... »

Il se caressa le ventre et ses yeux eurent une lueur de détresse.

« Deuxième solution, continua Pierrot, ce serait de délivrer ta mère.

— Demandons sa grâce au comte Louis », suggéra Gros Guillaume.

Les deux autres haussèrent les épaules ; Gros Guillaume les regarda et baissa la tête. Non, sa proposition ne valait pas grand-chose...

« Je suis d'accord pour ta deuxième solution, dit Alain. Délivrer ma mère. Mais seulement, comment faire ?

— Il faudrait d'abord pouvoir pénétrer au château, fit Gros Guillaume, et puis s'approcher de la prison, et puis il y a sûrement des gardes... sans parler de leur gentil capitaine... »

Pierrot réfléchissait en silence.

« Il y aurait peut-être un moyen, dit-il enfin. Il faut que je demande à mon père. »

4

Jehan de Loin au château

Avec l'aube, Jehan de Loin s'était levé. L'eau du ruisseau voisin servit à une toilette rapide. En ce temps-là, l'habitude était de s'habiller le matin, de pied en cap, et de ne laver ensuite que ce qui dépassait des vêtements...

Laissant Alain endormi, l'homme et l'ours, l'un derrière l'autre, s'en allèrent sans bruit vers le château de Maldoret.

Le chemin fut bientôt parcouru. Leur arrivée provoqua un joyeux remue-ménage : on les accueillit à bras ouverts, les distractions étant rares. Dès que le trouvère eut franchi le pont-levis, les nombreux habitants du château accoururent, très animés, faisant cercle mais à distance respectueuse pourtant, à cause de l'ours... Celui-ci, debout sur ses pattes de derrière se dandinait gauchement à la grande joie générale. Jehan souriait et plaisantait avec tout le monde.

Le capitaine Jérôme d'Enfer arriva lui aussi en toute hâte, écartant les curieux sans ménagement, se frayant un chemin à rudes coups d'épaule.

« Salut à toi, trouvère ! cria-t-il de sa voix la plus gracieuse. Monseigneur Louis te remercie d'être venu à temps. Il espère que tu te plairas ici et que tu resteras longtemps afin de nous divertir. »

Jehan de Loin inclina sa haute taille.

« Merci à vous, capitaine, et à la courtoisie de votre accueil. Dites à monseigneur Louis que je suis son serviteur et que nous ferons de notre mieux pour le satisfaire, Colosse, mon ours, et moi-même.

— La belle bête, fit Jérôme d'Enfer en s'approchant. Savez-vous, trouvère (il parlait assez fort, pour que tous puissent l'entendre), savez-vous que dans ma jeunesse, j'ai lutté, à mains nues, contre une bête semblable ? Et c'est moi, vous entendez, qui ai fait toucher terre à ses épaules poilues. »

Il s'avança, fanfaron, levant le menton. L'ours

le regarda, grogna derrière le cuir de sa muselière. Soudain, d'un geste prompt, sa lourde patte s'allongea et s'abattit sur l'épaule du capitaine qui chancela sous le coup et recula précipitamment. Un grand cri jaillit de la foule.

« Corbleu ! hurla le capitaine, retiens ta bête ! »

Il avait eu plus de peur que de mal. Jehan tirait déjà sur la chaîne de fer. Colosse se laissa tomber sur ses pattes et ne bougea plus.

« Vous lui avez fait peur, dit le trouvère en cachant un sourire. Ou alors c'est un parent de celui que vous avez vaincu...

— Il n'y a pas de mal, grogna Jérôme d'Enfer, vexé. Viens. On va te montrer ton logement et t'apporter à manger. Tu pourras te préparer tranquillement pour la fête de ce soir. »

Ils s'éloignèrent vers le donjon. La foule se disloqua. Mais tout au long de la journée, l'un après l'autre, presque tous les habitants du château, valets, gardes, servantes, chacun s'efforça de venir coller une oreille à la porte de Jehan de Loin, ou de jeter un coup d'œil curieux dans un coin d'écurie où Colosse dormait sur un tas de paille.

Si Colosse dormait, le trouvère, lui, assis sur un banc près de la fenêtre, regardait le paysage, accordait sa viole et chantait. Sa voix, au timbre

profond et doux, disait l'une après l'autre toutes les douleurs et toutes les douceurs du monde...

À l'étage au-dessous, Mahaut, la fille du comte de Maldoret, n'arrivait guère à faire autre chose qu'écouter elle aussi, les yeux perdus, les pensées voyageuses, laissant glisser de ses genoux sa broderie multicolore.

Une lourde carriole en gros bois, les roues pleines, butait dans les ornières boueuses du chemin. Deux garçons, l'un devant, l'autre derrière, tiraient et poussaient. Devant, c'était Gros Guillaume soufflant et suant. Derrière, Pierrot qui faisait largement sa part de besogne. Alain se tenait au fond de la carriole, caché sous une montagne de fagots.

« Halte ! » cria un garde au pont-levis.

La carriole s'arrêta. De l'autre côté du fossé, le pont-levis était défendu par un petit châtelet avancé, une sorte de cube crénelé en lourdes pierres. Et du châtelet sortaient trois ou quatre hommes en armes.

« Nous apportons du bois », cria Gros Guillaume.

Pierrot, à son tour, avança son visage maigre.

« Bonjour, Godefroy ! lança-t-il à un garde.

— Avancez, garnements. Salut, fils de bûcheron. »

Ils s'engagèrent sur le pont-levis, le sourire aux lèvres, et voulurent s'avancer plus loin.

« Halte ! cria une deuxième fois le garde qui paraissait commander. Comment cela se fait-il que nous ne soyons pas prévenus de votre arrivée ?

— Tiens, fit Pierrot, avec tous les préparatifs de la fête... »

Le garde ne semblait pas convaincu. Il frottait de sa main son menton mal rasé.

« Revenez demain, dit-il après réflexion.

— D'accord ! lança Pierrot à Gros Guillaume. Demi-tour ! puisqu'on ne veut pas nous laisser passer, allons-nous-en... Si messire Jérôme d'Enfer vient nous faire des ennuis, on lui expliquera le pourquoi de l'affaire, un point c'est tout. Viens...

— Attendez, que diable ! » grogna le chef des gardiens, changeant brusquement d'avis. Puis s'adressant à ses hommes : « Fouillez-moi cette carriole et qu'ils entrent... »

Pierrot et Gros Guillaume pâlirent : fouiller la carriole, avec Alain au fond ! Les gardes, par bonheur, manquaient de zèle. Ils soulevèrent chacun deux ou trois fagots pour la forme et abandonnèrent là leur inspection.

« Passez, jeunes drôles. »

Les jeunes drôles ne se le firent pas dire deux fois.

« Ouf ! » fit seulement Pierrot lorsque personne ne put les entendre.

Ils entrèrent donc. Le château de Maldoret était une très grande forteresse rectangulaire, à six tours : quatre d'angles, et deux au milieu des côtés les plus longs. Le donjon seigneurial, jadis isolé au milieu de la cour intérieure, se trouvait maintenant relié à l'enceinte et entouré de bâtiments divers : chapelle, cuisines et surtout logements plus vastes et plus clairs pour le comte Louis, sa fille Mahaut, leurs invités et leurs serviteurs les plus proches.

Sur les hautes et lourdes murailles formant l'enceinte, s'appuyaient des quatre côtés, à l'intérieur, divers corps de logis : salles de gardes, écuries, magasins, ateliers, logements...

« Regarde, dit Gros Guillaume les yeux brillants, ce bâtiment d'où sort la fumée par le toit, ce sont les cuisines.

— Regarde, dit Pierrot à son tour, cette tour où veillent deux hommes : c'est la prison, et en dessous les oubliettes. »

Gros Guillaume frissonna.

Ils arrêtèrent la carriole auprès des magasins et

s'assirent tranquillement par terre, comme s'ils se reposaient.

« Tu m'entends ? demanda Pierrot à voix basse.

— Oui... répondit la voix étouffée d'Alain.

— Nous sommes près des magasins. Que faisons-nous ?

— Commencez à décharger lentement. Je sortirai à votre signal quand il ne passera personne. Trouvez-moi une cachette. »

Ainsi fut fait. Il n'y avait pas de garde au magasin de bois. Chacun y pénétrait à son gré. Peu de monde passait dans la cour et encore seulement des gens affairés. Gros Guillaume et Pierrot se mirent au travail. À leur signal, Alain bondit hors du véhicule et se cacha derrière une pile. Ses amis le rejoignirent, la charrette vidée et poussée dans un coin.

« Cela me fait mal, dit Pierrot, de livrer du bois, sans qu'il soit inscrit à notre compte.

— On ne peut rester là, fit Gros Guillaume changeant de conversation.

— Au contraire, répondit Alain. Ils sont tous très occupés. Tenons-nous tranquilles, cachés, jusqu'à ce soir. Il faudra profiter de la fête : c'est notre seule chance. »

Pierrot approuva de la tête.

Tout au fond du magasin (une simple halle couverte, emplie de bois) ils aménagèrent un abri en repoussant des bûches. Au moment où ils allaient s'y glisser, un homme passa dehors, tout près, en tournant la tête dans leur direction.

« Il nous a vus, souffla Gros Guillaume alarmé.

— Attends... fit Alain. C'est le montreur d'ours. Il ne nous dénoncera pas. »

Jehan de Loin les avait vus, effectivement. Sans ralentir sa marche, il leva la main droite comme pour un salut. Il souriait.

5

La comtesse Mahaut

Mahaut portait une robe de lin blanche et tombant jusqu'à terre, serrée à la taille. Le flot de ses cheveux blonds coulait sur ses épaules en larges vagues dorées. Elle allait, nu-tête, entourée de ses lévriers blancs aux fins museaux, suivie à distance par une vieille servante appelée Annette.

Mahaut fredonnait de mémoire un des airs entendus tout à l'heure, joyeuse à la pensée de la fête qui se préparait autour d'elle pour le soir.

Soudain, elle s'arrêta. Dans la cour marchait lentement à sa rencontre Jehan le trouvère. Il venait de rendre visite à Colosse enfermé dans une écurie du château et il regagnait sa chambre. À son tour, il aperçut Mahaut et s'effaça, avec une respectueuse inclinaison de tête.

Mahaut voulut battre en retraite, mais refréna son premier mouvement, la curiosité reprenant vite le dessus. Au contraire, elle fit un pas en avant :

« Bonjour, dit-elle à l'homme en s'inclinant très légèrement, je m'appelle Mahaut de Maldoret.

— Moi, c'est Jehan de Loin, pour vous servir madame, répondit le trouvère.

— Je vous connais. Je vous ai vu arriver. C'est vous qui chanterez ce soir ?

— Je n'en chanterai que mieux, madame, vous sachant présente », dit-il.

Elle rougit sous le compliment.

« Restez-vous longtemps au château ? demanda-t-elle.

— Je ne crois pas, répondit Jehan. L'automne s'avance, je voudrais rejoindre la Provence le plus vite possible.

— Mon père serait heureux que vous restiez là tout l'hiver. Si vous saviez comme l'on s'ennuie lorsque la neige recouvre la campagne. On ne peut que manger et dormir. »

Le trouvère eut un sourire triste :

« Encore heureux, madame, que vous puissiez le faire, cela n'est pas donné à tout le monde : les serfs de votre père par exemple seraient sans doute heureux de pouvoir passer l'hiver au chaud, en mangeant à leur faim.

— Quelle comparaison ! je suis la fille du comte de Maldoret, moi. »

Il baissa la tête sans répondre.

« On dit que vous avez un ours, reprit la jeune fille, en changeant cette conversation qui la mettait mal à l'aise.

— C'est vrai, vous le verrez ce soir.

— J'aime les bêtes, dit Mahaut. Regardez : j'ai des lévriers blancs.

— Aimez-vous aussi les êtres humains ? » demanda brusquement Jehan.

Elle en resta interloquée.

« Quelle question... fit-elle.

— Je vous le demande, madame, parce que vous semblez bonne. Il faut que vous sachiez : hier au soir une vieille paysanne a eu la visite de vos gardes. Sa maisonnette n'est plus que cendres.

Elle-même est enfermée maintenant dans les oubliettes de ce château. Tout cela pour ne pas avoir pu payer son dû au comte, votre père, et n'avoir point voulu sacrifier son fils en échange.

— Que contez-vous là ?

— La vérité seule, madame, excusez-moi... Peut-être pourriez-vous intervenir ? cela en vaut la peine. »

Mahaut resta quelques instants silencieuse, perdue dans ses pensées.

« Je vais voir ce qu'il en est, dit-elle enfin sèchement. Au revoir. »

Et elle s'en fut rapidement, sans tourner la tête, ses lévriers blancs bondissant autour d'elle, et sa vieille servante se hâtant derrière pour ne pas se laisser distancer.

L'arbre sembla trembler, puis s'abattit dans un craquement sec suivi d'un fracas de branches brisées. Les bûcherons s'arrêtèrent pour souffler un peu. Ils ne sentaient guère le froid qui pourtant déjà mordait à travers les minces et vieux vêtements de toile.

« Dis donc, François, fit l'un d'eux s'approchant de son compagnon, tu ne sembles guère à l'aise aujourd'hui. »

Et François répondit, l'air soucieux :

« Le soir va bientôt tomber sans que les enfants ne reviennent. J'ai eu tort de laisser Pierrot s'en aller au château avec ses compagnons.

— Ton fils est un gars dégourdi, François.

— D'accord, mais contre Jérôme d'Enfer et ses gardes cela ne suffit point. »

L'autre poussa un soupir.

« Ce Jérôme... j'aimerais bien le rencontrer un soir, seul à seul, un petit instant, dans un coin sombre... »

Il se frotta les mains à cette pensée.

« J'y vais, décida François tout à coup.

— Je t'accompagne.

— Moi aussi », fit un troisième bûcheron qui écoutait.

Un quatrième se leva :

« Mon fils viendra avec nous », dit-il.

Et bientôt les cinq bûcherons armés s'enfoncèrent dans les bois, eux aussi poussant et tirant une charrette pleine de bûches. Non pour s'y cacher, comme Alain l'avait fait, mais parce qu'ils avaient par expérience une idée précise quant à son utilisation possible.

Mais n'anticipons pas.

Mahaut, d'un pas décidé, entra dans le bâtiment central accoudé au donjon. Une large et haute salle en formait le rez-de-chaussée en entier. Des dalles en pierre couvraient le sol. Les murs, peints en ocre, montraient de place en place de belles tapisseries représentant des scènes d'église ou de chasse. Entre les tapisseries se découpaient, en bas reliefs, des blasons. Au fond de la salle, dans une immense cheminée, d'énormes bûches brûlaient. Des flambeaux éclairaient les lieux, bien qu'au-dehors ce fût encore le grand jour. En effet les rares fenêtres aux vitraux épais ne laissaient passer qu'une lumière avare.

Une foule de serviteurs dressait des planches sur leurs tréteaux, les recouvrait de nappes blanches, disposait de lourdes écuelles d'argent et des hanaps profonds que tout à l'heure on emplirait de vin à ras bord. Tout cela sous l'œil attentif et sévère du long et maigre Colin le Triste, intendant du château.

Mahaut traversa la salle, tête haute et lèvres pincées. Sans répondre aux respectueux saluts des serviteurs, elle s'engagea dans l'escalier en colimaçon menant directement à l'appartement de son père.

En haut, dans l'antichambre, elle croisa le capitaine d'Enfer qu'elle fit mine de ne point remarquer. Jérôme, qui allait descendre, revint sur ses pas. Mahaut entrée chez le comte, il se rapprocha doucement, colla son oreille à la porte (ce qui était chez lui une longue habitude).

« Quelle surprise, Mahaut, dit Louis de Maldoret, je te croyais en promenade. »

Il fit un signe, et le barbier en train de raser le visage de son maître disparut précipitamment, courbé en deux.

« Excusez-moi de vous déranger, père.

— Ne t'excuse pas, Mahaut. Je suis toujours heureux lorsque tu viens vers moi. »

Il parlait d'une voix rude, le comte. Et tout paraissait rude en lui : son visage large, ses épaules puissantes, ses yeux sous d'épais sourcils noirs.

« Mon père, dit Mahaut en hésitant. Je voudrais vous demander une grâce...

— Parle. Tu es ma fille. Tout ce que j'ai t'appartient. Tout ce que je peux faire pour toi, je le ferai avec joie.

— Merci, mon père. Voilà... Il s'agit d'une paysanne.

— Quoi ?

— D'une paysanne arrêtée hier pour une histoire de dîme, et enfermée depuis aux oubliettes du château... »

Le comte regarda fixement sa fille quelques instants, puis murmura :

« Je sais, Mahaut, je sais. Que te prend-il donc de t'occuper de ces choses ?

— C'est une vieille femme, père. Faites-lui grâce pour l'amour de moi. »

Le visage du comte Louis était devenu sombre. Il réfléchit un instant puis répondit d'une voix sourde :

« Mahaut, demande-moi une haquenée, une parure nouvelle, un voyage même, ou un tournoi en ton honneur. Je te l'accorderai. Mais laisse à ton père et à ton père seul, le soin de s'occuper du château et des paysans.

— Pourtant, père, ce serait si facile pour vous... »

Il hocha la tête :

« Ne le crois pas. Il est vrai que je peux faire grâce, si tel est mon bon plaisir : j'ai droit de vie et de mort sur mes terres. Mais comprends : cette femme sert d'exemple. Si je fais grâce, tous nos serfs, tous nos paysans libres se sentiront encouragés à nous désobéir, à ne point nous payer ce qu'ils nous doivent. Et cela ne se peut, Mahaut ! »

Il s'était dressé de son fauteuil, le comte Louis, et rarement Mahaut avait entendu de sa bouche de si dures, de si véhémentes paroles.

« Ils s'enhardissent, Mahaut. Les temps ont changé, ils nous craignent moins. Il a fallu accorder des franchises. Dans les villes, c'est pareil. Les gueux se rebiffent, dressent la tête. Non, Mahaut : la femme pourrira au cachot jusqu'à ce que l'on retrouve son fils. Ensuite nous verrons... Et après tout, que t'importe ? Mon père avait coutume de dire : "Entre un porc et deux paysans, je choisirais le porc."

— Mon père...

— Et il avait raison, Mahaut, un paysan vaut

moins qu'un porc ou qu'une vache, moins qu'un de tes lévriers, qui pourtant ne savent que bâfrer. »

Mahaut ne répondit rien. Elle recula, baissant la tête, le cœur envahi de tristesse. Dehors, Jérôme d'Enfer s'éloigna vivement de la porte. Il se demandait qui diantre pouvait avoir mis la fille du comte au courant de cette affaire...

« Oublie ces choses, Mahaut, cria le comte, et fais-toi belle pour tout à l'heure. Tu as juste le temps. »

Dans la cour, les lévriers bondissants attendaient la jeune comtesse. Joyeux de son retour ils se précipitèrent. Elle les fit chasser à grands coups de lanières.

6

Le vieil ami du capitaine

Maintenant, les invités arrivaient, souvent après avoir chevauché durant des heures. Les chevaux piaffaient dans la cour intérieure, les gardes criaient du haut de la tour de guet, les valets s'empressaient... Tout n'était que mouvement et bruits divers. Les nobles seigneurs et leurs dames s'en allaient vers la salle des fêtes, secouant la poussière de leurs riches habits de brocart, de velours, de damas, rehaussés de fourrures précieuses. Tous étaient heureux de se retrouver, avides de boire une première coupe.

Colin le Triste, selon sa promesse, avait fait transporter au centre de la cour plusieurs ton-

neaux de vin aigrelet pour la valetaille. Des yeux avides les buvaient déjà du regard.

Jérôme d'Enfer surveillait tout ce va-et-vient d'un œil désabusé, s'inclinant quelquefois sous le regard d'un noble invité.

Tout à coup, il sentit une main toucher sa manche avec insistance. Il se dégagea brutalement et tourna la tête. Une sorte de paysan hirsute, vêtu d'un sayon usagé, levait vers lui un visage rusé où l'œil gauche était couvert d'un bandeau noir.

« Es-tu fou ! gronda Jérôme. Je vais te montrer... »

Il leva sa main lourde, encore gantée de fer.

« Attendez ! souffla vivement l'autre : je viens de la part de José-François. »

Jérôme d'Enfer eut un grand sursaut de saisissement et pâlit malgré toute sa force de caractère. Son bras retomba le long de son corps.

« Que dis-tu, drôle ? fit-il d'une voix toute changée.

— De la part de l'Espagnol, oui. Il vous adresse son salut amical. »

Le paysan le fixait de son œil unique, avec un drôle de sourire. Jérôme regarda autour de lui : il y avait trop de monde dans cette cour. Il attrapa l'homme et le tira brusquement.

« Viens par là, nous serons tranquilles. »

Ils se trouvaient justement devant la halle au bois et c'est à l'intérieur de celle-ci que Jérôme entraîna le paysan. Les entendant approcher et s'arrêter tout près d'eux, Alain, Pierrot et Gros Guillaume se firent tout petits dans leur cachette.

« Parle maintenant, dit Jérôme d'une voix sifflante.

— Lâchez-moi d'abord... Voilà : José-François l'Espagnol m'a envoyé vers vous. J'ai réussi à entrer, profitant du remue-ménage.

— Abrège. Que veut-il, l'Espagnol ?

— C'est tout simple. Mais d'abord il faut que je vous raconte. Notre compagnie a été défaite par les propres troupes du roi. Ils nous ont pourchassés longtemps, comme les chiens d'une meute courant après un cerf sans lâcher la piste. La bataille fut rude. Nous ne restons que cinquante rescapés, à peine, et encore, avec des blessés... Voilà l'hiver qui approche. José-François a pensé au château de Maldoret, à vous son vieux camarade qui êtes presque le maître ici. Nous voulons passer l'hiver au château, voilà ce que nous voulons.

— Vous êtes fous ! gronda Jérôme d'Enfer.

— Pourquoi ? Nos cinquante hommes arrivent lentement, se cachant le jour et marchant la nuit, évitant tout vol et tout pillage qui signaleraient leur présence. Heureusement, ils ont des vivres et du vin. Je suis venu à cheval, moi, en avant-coureur, pour vous prévenir. Eux ne seront que dans dix jours aux portes du château.

— Qu'attendent-ils de moi au juste ?

— Que vous ouvriez cette porte, voilà tout. Après, il nous sera facile de nous rendre maîtres du château par surprise et de nous y installer. »

Jérôme d'Enfer prit le temps de réfléchir.

« Et si je refuse ? demanda-t-il lentement.

— L'Espagnol, il a dit comme ça qu'il lui était facile de prouver à qui de droit que vous étiez, il n'y a pas si longtemps encore, le chef des Écorcheurs du Vivarais. Et que la corde n'était pas loin de votre cou...

— Chien !

— Arrêtez !... Lâchez-moi que diable ! Il a dit aussi en revanche que si vous acceptiez, une fois le comte mort et enterré, c'est vous, bien entendu, qui resteriez le seigneur et maître de tout le domaine. »

Le paysan se tut.

« Le comte mort... fit Jérôme d'un air songeur et radouci.

— Dame : si on lui prend son château, il ne se laissera peut-être pas faire... Alors, que faut-il lui répondre à José-François ? »

Jérôme n'hésita pas plus d'une seconde. Aucune autre solution que d'accepter...

« Dis-lui que c'est d'accord », répondit-il.

Le paysan eut un grand sourire ravi :

« Je le lui dirai. Nous étions sûrs de votre réponse. Ah ! j'oubliais : l'Espagnol a encore ajouté qu'il ne craignait nulle trahison de votre part, car sa mort même ne pourrait empêcher que vous soyez pendu... »

Les mains gantées de Jérôme se crispèrent de rage.

« Je m'en retourne donc, continua le paysan. Convenons d'une chose : lorsqu'il se trouvera un cheval mort devant les portes du château, cela voudra dire que l'Espagnol est arrivé. Quel sera votre signe à vous ?

— Deux torches, brûlant le soir au sommet de la tour de droite, celle qui est inhabitée, la tour Hugues.

— Va pour la tour Hugues. Et la nuit d'après nous entrons...

— C'est cela, dit Jérôme d'Enfer. La nuit d'après vous entrez. »

Les enfants attendirent en silence que les deux hommes s'en aillent. Puis Gros Guillaume murmura d'une voix tremblante :

« Avez-vous entendu ?

— Que nous importe ? répliqua Pierrot. Que nous ayons en face de nous Jérôme d'Enfer, capitaine du comte de Maldoret, ou bien Jérôme d'Enfer, chef de brigands, c'est toujours la même lèpre. »

Alain était tout pensif.

« C'est étrange, murmura-t-il, vous avez entendu, il a parlé des Écorcheurs du Vivarais...

— Peuh ! répliqua encore Pierrot. Elles se valent toutes, ces bandes de routiers...

— Le trouvère m'en a juste parlé hier au soir. Ce sont les Écorcheurs du Vivarais qui ont assassiné sa famille, il y a dix ans.

— Cela ne m'étonnerait pas de Jérôme d'Enfer, dit Pierrot.

— Oh ! là là !... faisait Gros Guillaume, Oh ! là là !...

— ... Un serpent tatoué sur le bras, continuait Alain à mi-voix, comme se parlant à lui-même, j'aimerais voir le bras nu du capitaine...

— Moi je préfère voir son dos, dit Gros Guillaume.

— Son dos ? fit Pierrot étonné. Et pourquoi ?

— Parce que c'est signe qu'il s'en va de l'endroit où je me trouve, tiens... répondit Gros Guillaume avec bon sens.

— Il va bientôt être temps, dit Alain en se

reprenant. Pour notre affaire, l'important c'est que nous arrivions à désarmer les gardiens de la prison.

— On leur prend les clefs, continua Pierrot, et on délivre ta mère...

— Là, deuxième difficulté, soupira Gros Guillaume : la garde du pont-levis, pour repartir.

— Les hommes auront bu, dit Alain. Nous les enfermerons. Je sais comment se baisse le pont-levis et comment se lève la herse. Avant qu'ils n'aient compris ce qui se passe, nous serons déjà loin.

— Le Ciel t'exauce, soupira une nouvelle fois Gros Guillaume. À t'entendre, c'est tellement simple... »

7

L'attaque de la prison

« Au large ! hurla le chef des gardes du pont-levis, rouge de colère. Revenez demain : nous avons assez de bois au château. Ils sont enragés, ma parole, à vouloir tous nous envahir aujourd'hui avec leurs fagots et leurs bûches...

— Mais... hasarda François.

— Au large ! j'ai dit : nous avons soif, tous les camarades boivent depuis longtemps, nous seuls restons de garde. Est-ce juste ? Heureusement qu'on va sur l'heure lever le pont-levis, l'ordre est enfin venu. Au large ! »

Les bûcherons se regardèrent.

« Allons-y, fit l'un d'eux à voix basse.

— Pas moyen autrement... »

Ils firent semblant de tourner la lourde charrette pour s'en aller, et la charrette tout à coup versa. (C'est ainsi que jadis on prenait les forteresses par surprise en empêchant le pont-levis de se relever.)

« Bande de maladroits ! hurla le chef des gardes. Dégagez-moi votre chargement tout de suite ! »

Les bûcherons, affairés autour du véhicule, firent de grands gestes impuissants.

« Laissez-nous donc réparer, messire. Et on s'en ira. Voyez : la roue est défaite.

— Le forgeron du château me donnera bien un essieu, dit François. Puis-je entrer s'il vous plaît ? Je n'en aurai que pour un instant. »

Le chef des gardes éclata en imprécations : ses camarades l'appelaient pour boire. Les bûcherons se jetaient des coups d'œil, contents de leur ruse... Mais tout à coup, à l'intérieur du château on entendit un remue-ménage et des grands cris d'alarme :

« Alerte ! Trahison ! À la garde ! »

Quelques instants auparavant, Alain, Pierrot et Gros Guillaume s'étaient prudemment dégagés de leurs piles de bois. La cour apparaissait quasiment déserte. Seules quelques silhouettes trébuchantes essayaient de tirer une dernière goutte aux tonneaux de vin désespérément vides. Les autres s'en étaient allés boire au chaud. Les trois compagnons traversèrent la cour rapidement et en rasant les murailles, jusqu'à la tour où se trouvait la prison.

Là, Gros Guillaume, après un dernier coup d'œil circulaire, frappa à la lourde porte. Au bout d'un moment un judas s'ouvrit ; une trogne rouge y apparut.

« Que veux-tu, drôle ? grogna une voix avinée. Et qui es-tu ?

— C'est pour vous, monseigneur, dit Gros Guillaume. Regardez. »

Il n'y avait rien à voir, mais la voix de Gros Guillaume était si convaincante, que le geôlier impatienté ouvrit la porte et parut sur le seuil, sans trop savoir ce qu'il faisait.

« Tenez, dit Gros Guillaume, lui montrant à nouveau le vide.

— Quoi ? »

Le lourd geôlier s'avança sans méfiance, d'un pas titubant. Plof ! un tonneau vide, manié par Alain et Pierrot lui dégringola sur la tête. Il tomba, assommé, comme une masse. Aussitôt, Gros Guillaume s'empressa de le fouiller.

« Il n'a pas les clefs », dit-il en se relevant.

Alors, sans hésiter, ils se précipitèrent tous les

trois par la porte entrebâillée. Devant une table crasseuse, un second geôlier barbu, vêtu de cuir, buvait à longues gorgées, les yeux au ciel.

« Viens-tu donc, Le Fort ? » dit-il sans tourner la tête, s'essuyant la bouche avec sa manche.

Alain, en deux bonds, atteignit l'homme. La lame de son poignard s'appuya rudement sur sa gorge.

« Ne bouge pas, dit-il, ou tu es mort ! Où sont les clefs ? »

Las ! l'homme n'eut même pas le temps de répondre. Car les trois amis n'avaient point remarqué un troisième geôlier, vautré dans un lit de feuilles sèches. Et celui-ci, voyant la scène, venait de se lever d'un bond et, se précipitant vers son épée, hurlait à voix puissante :

« Alerte ! Trahison ! La garde ! »

8

Le festin du comte Louis

Le cor sonna pour avertir les invités que l'eau allait être donnée. C'est-à-dire que les serviteurs apportèrent cérémonieusement des bassins d'argent, emplis d'eau parfumée. Chacun se lava les mains et s'assit sur des bancs à dossier, disposés autour de la table.

Cette table croulait sous les amas de victuailles : truites, saumons, anguilles, harengs frais fortement relevés de sauces piquantes, pâtés, lièvres, cochons de lait farcis, langues de cerf entrelardées, chapelets d'oiseaux : cailles et alouettes...

Mais les gourmands durent attendre encore, car chaque plat passait d'abord devant la place d'honneur occupée par le comte Louis. Là, le noble seigneur lui-même procédait à l'essai traditionnel des mets, afin de voir s'ils ne contenaient pas de poison.

À cet effet, il y avait face au comte, sur la table, un petit meuble d'argent ciselé contenant un morceau de corne de narval, qui est un mammifère marin appelé aussi licorne, du même nom que l'animal fabuleux de la légende. À la seule trace d'impuretés dans un plat, de la corne de narval devait se mettre à sourdre le sang... Des langues de serpent, suspendues tout autour, avaient, dit-on, le même pouvoir.

Apparemment, le festin, ce soir-là, ne comportait nul poison au menu. Des vins riches coulaient sans relâche des lourds hanaps jusqu'au fond des gorges assoiffées : vins d'Anjou, d'Auxerre, vins précieux venus de la lointaine Espagne...

Un long moment on n'entendit dans la salle que des bruits de mâchoires en action, et les pas des serviteurs attentifs aux désirs des convives. Puis, les langues se délièrent, les ventres une fois repus.

« Apportez les pâtisseries ! cria Louis de Maldoret, essuyant à la nappe ses mains tachées de graisse. Et que l'on fasse entrer Jehan de Loin le trouvère ! »

Des exclamations d'aise jaillirent tout autour de

la table. Mahaut releva la tête, couverte maintenant d'un charmant toquet de soie. Et Jehan de Loin entra, suivi de son ours muselé.

« Salut à toi ! cria encore le comte. Ces nobles seigneurs et ces gracieuses dames sont des amis venus pour se distraire. Montre-nous ce que tu sais faire de mieux... Que nous n'ayons point à regretter de t'avoir invité. »

Jehan de Loin salua dignement. Il se trouvait au centre de la table en fer à cheval, bien visible aux yeux de tous. Sans parler, il prit des mains d'un domestique six courtes torches qu'il alluma l'une après l'autre. Alors, les torches semblèrent brusquement animées d'une vie propre, tourbillonnant dans les airs, se croisant, lancées haut et rattrapées au ras de terre. Les invités applaudirent son adresse. Puis Jehan jongla de la même façon avec six poignards acérés. Il les lança pour finir, en gestes précis, à ras de la gueule de l'ours debout près de la porte en chêne. Colosse ne tressaillit même pas. Les applaudissements redoublèrent.

Jehan salua encore et prit enfin sa viole. Les jongleries passées ne comptaient point. Un grand silence se fit. L'archet caressa doucement les cordes tandis que s'élevait la voix profonde du trouvère. Le thème de son premier chant devait rester longtemps célèbre :

Je meurs de soif au bord de la fontaine
Puisque mes yeux te voient
Mais que tu restes, toi,
Toute proche pourtant, et pourtant si lointaine...

Seule Mahaut se laissa prendre à la profonde tristesse de la complainte, ne perdant point des yeux le visage du trouvère. Les autres, seigneurs et belles dames, se sentirent gagnés par une hilarité énorme, à la vue de l'ours, bien dressé, dodelinant de la tête, appuyant ses pattes de devant contre sa poitrine, imitant à ravir les mimiques d'une dolente dame à qui ce chant s'adressait...

Que ne chanta-t-il encore, le trouvère ? le vin, les tournois, les moissons, les volées de cloches des églises, la campagne verdoyante au printemps, la misère de l'hiver et le premier chant de l'alouette. Là, les seigneurs rirent moins, et certains visages devinrent sombres : le chant de l'alouette commençait de par les campagnes à être le symbole des paysans qui relevaient la tête...

Chaque soir j'ai si peur de ne revoir l'aurore
Tant ma nuit est peuplée de monstres effrayants ;
Que chante l'alouette au matin triomphant
J'espère encore, j'espère encore
J'espère tant...

Et puis Colosse se mit à danser, encouragé par son maître. C'était plaisir que de le voir remuer lourdement, en cadence, au rythme de l'archet, mimant rondes et caroles, accompagné des battements de mains des nobles ravis.

À ce moment précis, on entendit des cris dehors et surtout Jérôme d'Enfer fit irruption dans la salle, son épée à la main :

« Alerte ! seigneur comte... » hurlait-il.

Dans un fracas de sièges remués les invités se levèrent, alarmés.

« Explique-toi, cria le comte Louis, furieux de voir sa fête interrompue.

— Des vilains attaquent la prison, monseigneur, alors que cette chienne de garde est ivre morte...

— Bravo, capitaine... Sont-ils nombreux ?

— Je ne crois pas. Quelques-uns.

— Quelques-uns ! hurla un invité, le baron Clément le Noir. Taïaut mes amis ! Sus aux vilains ! cela nous fera prendre l'air.

— Allons-y », cria le comte.

Ils se précipitèrent sur leurs armes. Mais Jehan de Loin avait tout compris. Il se souvint en un éclair d'Alain pleurant la veille après sa mère, et des trois têtes aussi, entrevues tout à l'heure dans

la halle au bois... Peut-être un instant gagné suffirait-il ? pour l'honneur cela en valait la peine !

Jehan de Loin fit un bond prodigieux. Clément le Noir reçut son poids sur son corps. Il s'écroula à grand bruit, hurlant de mal et de surprise. Déjà Jehan faisait retour en arrière, l'épée large du baron à la main. De l'autre, en un éclair, il démusela Colosse. Ensemble avec l'ours ils barraient le passage de la seule porte permettant de sortir de la salle et que Jehan ferma d'un coup de pied.

« Trahison ! hurla le comte Louis empourpré.

— Trahison ! reprirent d'une même voix les seigneurs en colère.

— Arrière ! répondit Jehan. On ne passe pas ! »

Les nobles reculèrent, prenant de l'élan pour bondir. L'épée de Jehan fit un moulinet flamboyant et Colosse l'ours, comme s'il comprenait, secoua sauvagement sa tête, grondant tel un tonnerre proche.

9

La fuite d'Alain

Quand il entendit l'homme crier, Alain réagit vivement. De sa main gauche il attrapa la cruche de vin sur la table et du même mouvement la brisa sur le crâne épais du geôlier. Celui-ci s'écroula d'un bloc, sans un mot. Un de moins ! Mais le troisième gardien le chargeait, l'arme pointée, en hurlant toujours comme un fauve qu'on égorge. Alain l'évita d'un leste saut en arrière...

« Sauve qui peut ! cria Pierrot. L'affaire est manquée ! »

En effet, dans la cour des voix commençaient à répondre aux braillements du gardien. Gros Guillaume n'avait point attendu le conseil de son compagnon pour battre déjà en retraite. La rage au cœur, Alain suivit ses amis, non sans lancer à la volée la lourde porte ferrée au nez de son poursuivant. Courant comme des lièvres, ils s'élancèrent vers le pont-levis.

Là aussi, les affaires se gâtaient. En percevant les cris de l'intérieur, devinant le danger couru par les enfants, les bûcherons ne purent résister, ils s'élancèrent vivement en direction du château.

« Où allez-vous ? » hurla le chef des gardes, en empoignant sa pique.

Il n'eut que le temps d'achever sa phrase, non celui d'abaisser son arme. Une bourrade vigoureuse l'expédia dans le fossé fangeux, lui et sa grosse hallebarde. Mais ses hommes commençaient à réaliser la situation. Ce n'étaient point de timides damoiseaux, mais de rudes gaillards prompts à donner des coups et sachant les recevoir. Seulement, ils avaient déjà bu, eux, pas mal de vin, aigre, râpeux et fort.

« Alerte ! » crièrent-ils quand même en se précipitant les armes à la main.

Les haches des bûcherons brillèrent. On entendit des chocs sourds de fers durement heurtés.

C'est à ce moment-là que dans le château Jérôme d'Enfer, attiré par les cris, se dépêchait d'avertir son seigneur.

Les trois amis arrivaient à toute vitesse au pont-levis. Voyant dans le noir accourir vers eux des ombres indistinctes, les gardiens se crurent tout à coup pris de revers. Comme les haches avaient déjà fait de la belle besogne, la panique s'empara d'eux. À leur tour, ils prirent la fuite en hurlant, laissant le passage à Pierrot, Alain et Gros Guillaume qui n'attendaient que cela.

François le bûcheron poussa un cri de joie en revoyant sains et saufs son fils et ses compagnons. Sans s'attarder en effusions prolongées, ils abandonnèrent le pont-levis, mettant le feu au bois renversé pour couvrir leur retraite.

Deux d'entre eux étaient blessés par les gardes : François en prit un sur ses épaules, les autres soutenaient le deuxième. La campagne, la forêt et la nuit leur offrirent bientôt à tous un abri sûr.

Heureusement pour eux, dans la salle du château, Jehan de Loin le vaillant trouvère et son ours faisaient le barrage à la meute des nobles déchaînés.

Colosse, à quatre pattes, bondissait, griffait, mordait à belles dents. Mais son beau pelage brun commençait à se couvrir de sang.

Le sang coulait aussi de plusieurs estafilades sur la poitrine et les bras de Jehan. Quatre ou cinq seigneurs en revanche avaient mordu la terre. Hélas !

le trouvère fléchissait sous le nombre... Il essaya de les contenir aussi longtemps qu'il put le faire, frappant furieusement, de la pointe et du tranchant...

Mahaut, horrifiée, le regardait se battre et reculer, reculer toujours jusqu'au moment où son dos toucha la porte... Lorsqu'il tomba, percé d'un coup qu'il ne put éviter, elle étouffa un cri, ses mains couvrant son visage. Les seigneurs hurlèrent de joie et par-dessus le corps se précipitèrent dehors, le comte Louis en tête.

À la porte du château, les gardes et quelques valets éteignaient l'incendie. Le geôlier de la prison, son épée à la main, fier de son importance, expliquait à qui voulait l'entendre l'attaque dont il avait été l'objet :

« Ils étaient bien une vingtaine, ces démons, et moi tout seul, puisque mes deux compagnons tombèrent aussitôt...

— Les chevaux, canailles ! » hurla Jérôme d'Enfer.

Les amener prit aussi du temps, et quand la troupe s'élança vers la campagne, les bûcherons avaient disparu.

Les seigneurs s'en revinrent bientôt tête basse. Ils avaient battu en vain les environs. Dans la nuit, à deux pas on n'y voyait rien.

« Le trouvère est-il mort ? » gronda le comte Louis sautant de son cheval.

Les serviteurs ne savaient pas. Dans la salle, l'ours Colosse gisait sans vie, couvert de sang. Les nobles dames soignaient les blessés et un moine possédant quelques notions de médecine accourait du proche couvent. Jehan quant à lui avait disparu. Dans l'affolement général, personne ne savait comment. On fouilla en vain le château de fond en comble. Jérôme d'Enfer y consacra lui-même sa nuit.

La colère du comte Louis fit trembler les murailles, mais le trouvère, mort ou vif, ne se retrouva pas.

Le lendemain de ce jour mémorable, dès qu'un pâle soleil d'automne se leva sur la campagne, le pont-levis du château s'abattit. Une troupe nombreuse, bardée de fer, passa la porte au grand galop, se dirigeant vers la forêt.

Jérôme d'Enfer avait mobilisé tous les gardes disponibles. Il savait, ayant interrogé les témoins, que l'attaque de la veille au soir était le fait des bûcherons. Un tel crime ne pouvait rester impuni. Aussi, en accord avec le comte Louis, se préparait-il à un châtiment exemplaire qui ferait désormais réfléchir les vilains...

Les chevaux s'enfoncèrent dans les halliers,

sous les arbres, faisant fuir quelques lièvres à peine éveillés, un vol d'oiseaux rassemblés pour partir vers un ciel plus clément. Jérôme d'Enfer ne prêtait nulle attention à la beauté de la forêt en automne, au sol blanchi d'une faible gelée, à la palette merveilleuse et multiple des couleurs étendant à perte de vue toutes les nuances du marron, du vert, du roux... Il chevauchait, la tête pleine de sombres pensées, réfléchissant aux événements passés et à venir. L'attaque des bûcherons l'inquiétait moins que la venue prochaine de son ancien complice, José-François l'Espagnol, chef d'une grande compagnie de routiers.

Il secoua la tête : José-François avec ses façons d'agir ne l'emporterait pas au paradis. En attendant il fallait parer au plus pressé. Ralentissant l'allure, il appela d'un geste ses lieutenants autour de lui, comme il avait l'habitude de le faire.

« Vous avez bien compris, leur dit-il. Pas de quartier ! Que les gueux de la région frémissent toute leur vie au souvenir de notre passage chez les bûcherons. »

Ils acquiescèrent en silence (vu l'humeur du capitaine, ce n'était guère le temps de faire même une insignifiante remarque).

« En avant, alors ! »

Selon leur tactique coutumière, ils se partagèrent en trois files, les uns galopant vers la droite, les autres vers la gauche, le reste enfin courant tout droit sur l'objectif. Ils galopaient le plus rapidement possible, autant que la forêt le leur permettait, avec, par endroits, ses arbres très serrés, ses taillis infranchissables de ronces emmêlées.

Personne ne prit garde au chant d'oiseau qui résonna tout à coup, très clair, au sommet d'un haut chêne. Personne n'entendit ce même chant repris beaucoup plus loin au cœur de la forêt. Personne dans la troupe des gardes, du moins, car les bûcherons, eux, l'entendirent à merveille.

Dans son petit village, composé de douze feux, entouré de quelques champs péniblement défrichés, François, qui évidait un sabot, assis au seuil de sa hutte, leva la tête et lâcha son morceau de bois.

« Alerte ! cria-t-il, les voilà. »

Déjà, hommes, femmes, enfants, tous sortaient de leurs pauvres demeures. Ils ne portaient point de gros bagages : quelques hardes et ustensiles de cuisine, quelques volatiles pépiants et caquetants, c'était tout...

Sans discours, sans panique, ils s'enfoncèrent ensemble dans la forêt, leur refuge. Avec eux marchaient Alain, Pierrot et Gros Guillaume.

« Nous n'avons pas mangé ce matin », grogna ce dernier avec amertume, mal réveillé encore.

Bien qu'Alain fût triste de leur échec de la veille au château, il ne put s'empêcher de rire comme le faisait Pierrot. Puis ses pensées reprirent leur cours :

« Tout cela est ma faute, dit-il à François le bûcheron. Pardonnez-moi. »

L'autre ne répondit rien mais passa son bras autour du cou du jeune garçon dans un geste d'amitié... La forêt les absorba. Ils s'en allaient, les bûcherons, vers une cachette sûre, connue d'eux seuls.

Peut-être un quart d'heure après leur départ, des grands bruits de chevaux, de branches brisées, de cris, annoncèrent l'arrivée brutale de Jérôme d'Enfer : las ! c'était une grande agitation pour rien, il n'y avait plus un seul être vivant dans ce semblant de village, où pourtant les cendres fumaient encore.

Rageurs, les gardes fouillèrent hutte après hutte, et aussi les environs. Jérôme, tout pâle, ruminait sa colère d'avoir été joué.

« La prochaine fois, pensait-il, nous agirons par ruse.

— Mettons-nous le feu, capitaine ? » demanda le lieutenant.

Jérôme secoua la tête. Il en avait diablement envie, mais il savait que le feu des huttes se propagerait dans la forêt, propriété du comte Louis.

Les gardes se contentèrent donc de démolir les cabanes à grands coups d'épée et de masse. Ils brisèrent tout ce qui pouvait se briser et salirent le puits commun par des jets de terre et d'immondices. Puis, satisfaits seulement à moitié, ils reprirent la route du château.

Cheminant, ils croisèrent par hasard un paysan lourdement chargé. Celui-ci paya pour les autres : ils le rouèrent de coups, le dépouillèrent et le laissèrent pour mort sur le bas-côté du chemin, dans les hautes herbes...

10

Le message de la servante

Au fond des bois, assis sur une souche, Alain et Pierrot réfléchissaient. Près d'eux Gros Guillaume attendait sans impatience le résultat de leurs réflexions, tout en mâchonnant des racines pour calmer sa faim perpétuelle.

« Je crois avoir une idée, dit Alain.

— Moi aussi, répondit Pierrot. Ce doit être la même. Sais-tu écrire ? »

Alain fit oui de la tête. Gros Guillaume se redressa, le regardant avec une admiration profonde.

Plusieurs jours étaient passés, la vie avait repris son rythme monotone au château comme au fond des bois. Par une fin d'après-midi gris, Annette, la vieille servante de la comtesse Mahaut, cheminait vers Maldoret. Elle allait à pas pressés, heureuse d'avoir pu porter à sa sœur malade quelques restants de gibier dérobés dans les cuisines. Peureuse, Annette n'aimait point se trouver dans la campagne lorsque la nuit tombait. Elle craignait trop les mauvaises rencontres, hommes, bêtes ou démons. Or, voilà que tout à coup un buisson remua tout près d'elle. Elle tressaillit d'effroi et fut pour prendre ses jambes à son cou malgré son âge, lorsque les branches du buisson s'écartant, elle reconnut la tête ronde de Gros Guillaume qu'elle connaissait bien.

« M'as-tu fait peur, pas beau ! cria-t-elle.

— Bien le bonjour, madame Annette, dit Gros Guillaume en s'inclinant, son bonnet déchiré à la main.

— Que te voilà poli aujourd'hui, répliqua la servante. Je n'ai rien à manger pour toi, tu sais.

— Là n'est pas la question, madame Annette. Cela fait cinq grands jours que je vous cherche, ayant un immense service à vous demander.

— Un service ? » fit-elle méfiante.

Il s'approcha, l'air mystérieux et lui glissa à l'oreille :

« Il s'agit d'une chose importante et secrète.

— Je ne veux point la connaître, répondit-elle.

— Écoutez-moi. J'ai là un message pour dame Mahaut.

— Porte-le toi-même.

— Impossible. On me pendra si je me montre au château.

— Ça, c'est vrai.

— Ah ! vous voyez ! Je m'en vais vous le confier. Seulement n'en parlez surtout à personne, hormis à votre maîtresse.

— Je ne le porterai pas.

— Que si !... c'est de la part d'Alain, mon camarade. Sa mère est emprisonnée chez vous. »

Annette la servante baissa sa tête ridée : depuis sa plus tendre enfance elle connaissait la mère d'Alain.

« Donne-moi le message, garnement », dit-elle.

Il sauta de contentement et lui remit un vieux morceau de parchemin, sali, jauni, plié en quatre. Elle le cacha vivement dans sa robe.

« Personne ne doit le voir, répéta Gros Guillaume inquiet.

— Sois tranquille. »

Mahaut, pensive dans sa chambre, essayait en vain de jouer sur la viole de Jehan de Loin. Elle reposa vivement l'instrument lorsqu'elle entendit entrer la servante.

« Te voilà, dit-elle. Ta sœur va mieux ?

— Merci, répondit Annette. La fièvre n'arrive point à tomber.

— Ah !... Tu as du travail maintenant. Va chercher cette boisson que j'ai commandée, et porte-la où tu sais. Attention que nul ne te remarque. J'irai tout à l'heure, moi aussi...

— J'y cours, madame. Mais que d'abord je vous donne cette lettre.

— Une lettre pour moi, fit Mahaut étonnée. Et c'est toi qui me l'apportes ?

— Je ne sais ce que c'est... on m'a forcée à la prendre...

— Donne. »

Et Mahaut lut, écrit en lettres malhabiles, en phrases maladroites :

« Madame, pardonnez-moi. Pour une chose grave je voudrais vous parler un instant et ne puis le faire qu'avec vous. Demain, lors de votre promenade, je serai au bosquet des Lièvres Roux. Ne dites la chose à personne, et venez, je vous en supplie... »

C'était signé : Alain.

« Alain ? réfléchit la comtesse. Qui est-ce donc ?

— Le fils de cette paysanne qui est aux oubliettes », répondit Annette à voix basse.

Mahaut devint pâle. Elle jeta le parchemin dans la haute flamme de sa cheminée.

« J'irai, dit-elle.

— Et si c'était quelque piège ? » fit Annette.

Elle haussa les épaules.

« Sottises ! Maintenant, va vite où je t'ai dit. »

Les gardes s'entraînaient au tir à l'arc dans la cour, sur une cible. Mahaut les regardait faire, ses chiens jappant autour d'elle. Et de voir la comtesse s'intéresser à leur entraînement, les gardes rivalisaient d'adresse. Mais ce que Mahaut guettait surtout, c'était le passage de son père, qu'un bruit lourd de pas annonça bientôt.

Il eut un grand sourire en la voyant :

« Mahaut, fit le comte en s'approchant. Je pars demain à l'aube sur les terres de Clément le Noir. Il paraît que les sangliers pullulent (ses yeux brillèrent de plaisir à la pensée du carnage promis), j'y resterai trois jours. »

De grands cris s'élevèrent. Un des gardes venait de toucher la cible en plein cœur.

« À son tour, continua le comte Louis, Clément le Noir viendra au château dans une semaine. Je dois lui montrer mon nouveau faucon... Une merveille. Et nous organiserons un tournoi pour te réjouir. Là, es-tu contente ?

— Merci mon père, répondit Mahaut... Avez-vous un instant ? j'ai à vous parler.

— Je t'écoute. »

Elle l'entraîna d'abord à l'écart :

« Ceci doit rester entre nous, dit-elle à mi-voix. À l'abri des oreilles indiscrètes.

— Il en sera ainsi, Mahaut... Que de mystère ! »

Mahaut hésita un instant, cherchant ses mots, craignant d'avance les réactions de son père. Puis se décidant tout à coup elle parla du message reçu d'Alain. À ces seules paroles, lui rappelant sa dignité outragée, le comte Louis rougit de colère. Ses poings se serrèrent avec fureur. Mahaut eut du mal à le calmer. Elle lui raconta que le lendemain même de la réception du message, elle avait rencontré Alain et ses deux compagnons. Alain l'avait suppliée : il voulait se faire entendre un moment du comte, en cachette. Un grand danger menaçait celui-ci. Il voulait lui en faire part. Mais surtout que le comte Louis ne dise rien à personne, même à ses plus proches serviteurs. Il y allait peut-être de sa vie.

« De ma vie, cria le comte Louis, et quoi encore ? un danger, un grand danger... La petite canaille veut que je libère sa mère, voilà ce qu'il veut. Mais rien à faire ! Lui-même sera pendu dès que le capitaine d'Enfer aura mis la main dessus.

— Écoutez-le au moins, mon père, demanda Mahaut en joignant les mains, vous jugerez après...

— L'écouter ! Tu te moques.

— Mon père, j'ai promis. »

À son tour elle supplia, usa de son éloquence, se fit convaincante : il y avait dans la bouche d'Alain un accent de vérité qui ne trompait pas, que le comte daigne un instant écouter le jeune paysan. Un pressentiment lui disait qu'il fallait le faire...

Nullement convaincu, buté, toujours plein de colère, le comte ne se laissa fléchir qu'à grand-peine.

« Je l'écouterai, Mahaut, dit-il enfin, fatigué de discuter. Je l'écouterai, puisque tu le demandes en pleurant, j'irai le rencontrer, dans trois jours, en revenant de chez Clément le Noir. Mais qu'il prenne garde, ce garçon : après, je serai impitoyable. »

11

Les Écorcheurs

Un oiseau de nuit lança un cri, tout près. Malgré l'obscurité, ses compagnons purent voir la bouche de José-François l'Espagnol s'éclairer en un sourire cruel. Il leva la main :

« Belle forteresse », dit-il, désignant la masse sombre se dressant à deux portées d'arbalète.

Les autres acquiescèrent bruyamment. Bras de Fer hennit d'aise, sa grosse poitrine remuant toute. Court sur Pattes eut un rire aigu. Seul le Grêlé, aussi rabat-joie que d'habitude, interrogea de sa voix grinçante :

« Crois-tu que Jérôme d'Enfer marchera droit ?

— J'en suis sûr, répliqua l'Espagnol menaçant. Il a tout intérêt.

— Je l'ai connu jadis, fit le Grêlé pensif. Il faudra se méfier... »

José-François ne l'écoutait déjà plus, le visage tendu vers le château, les yeux brillants de convoitise.

« Nous y passerons l'hiver au chaud, disait-il, n'en sortant que pour chercher dans la campagne de braves recrues afin de renforcer notre troupe.

Et puis, au printemps, nous commencerons à piller les villages d'alentour, les fermes, les demeures de gens d'Église surtout. Ah ! les bonnes abbayes bien grasses... Le château nous protégera, notre troupe redeviendra aussi forte qu'avant. Alors nous sortirons de la province et nous étendrons notre loi sur des dizaines et des dizaines de lieues à la ronde, comme d'autres compagnies l'ont fait avant nous. Il y aura de l'or, mes camarades, à manger, à boire, pour tous, tant que nos ventres en voudront. Les seigneurs nous craindront, les communes nous verseront des rançons pour qu'on les laisse tranquilles. Vous verrez... la belle vie !

— Nous sommes avec toi ! gronda Bras de Fer.

— Jusqu'à la mort, ajouta Court sur Pattes avec énergie.

— La mort, dit le Grêlé en ricanant, elle est toujours une surprise... qui arrive quelquefois plus tôt qu'on ne l'attend...

— Tais-toi ! répliqua furieusement l'Espagnol. Oiseau de mauvais augure ! Tu dis n'importe quoi. L'important c'est de pénétrer dans ce château. Après, je réponds du reste. »

Le Grêlé ne répliqua point. José-François l'Espagnol se leva brusquement, déployant sa forte et souple taille harnachée de cuir.

« Court sur Pattes, ordonna-t-il, surveille bien les torches. Je donnerai tes oreilles aux porcs si tu t'avises de t'endormir. »

Court sur Pattes hocha vivement la tête. Par expérience, il ne considérait pas les paroles de son chef comme une simple plaisanterie. Il s'accroupit au pied d'un arbre, sa petite silhouette ramassée faisant corps avec le tronc.

Les autres l'abandonnèrent, s'enfonçant dans les bois. Ils marchèrent un bon moment sans parler, s'orientant grâce à des branches brisées disposées en bonnes places. Puis un coup de sifflet se fit entendre. Bras de Fer, les deux doigts dans la bouche, répondit par deux coups de sifflet identiques. Un homme se dressa alors devant eux, une sentinelle casquée, vêtue de haillons et tenant à la main un gigantesque fléau d'armes constitué d'une masse de fer reliée à un manche épais par une chaîne.

La sentinelle les reconnut et s'écarta pour les laisser passer. L'Espagnol, le Grêlé et Bras de Fer pénétrèrent alors dans une clairière, où, autour de quatre feux fumants, une cinquantaine d'Écorcheurs attendaient leur chef.

Le comte Louis arriva au grand galop de son magnifique cheval arabe. La bête, fine et nerveuse, s'arrêta net en sentant la main ferme de son maître tirer sur les rênes. Ce qui ne l'empêcha pas de réagir immédiatement, frissonner en secouant la tête et en grattant le sol de son sabot impatient...

Un peu plus loin, très pâle, immobile au pied d'un arbre, Alain attendait. Pierrot à ses côtés ravalait sa salive sans broncher, mais Gros Guillaume, lui, son bonnet troué à la main, n'arrivait pas à contenir le tremblement de ses gros genoux.

Le comte Louis lança sur le groupe un regard noir et cria brusquement :

« Qu'avez-vous à me dire, drôles ? Je suis pressé et n'ai point de temps à perdre avec des manants de votre espèce. »

Alain salua et prit la parole. D'une voix ferme, il expliqua en quelques mots au comte Louis la conversation entendue dans la halle au bois entre Jérôme d'Enfer et l'envoyé de José-François l'Espagnol, commandant d'une compagnie de routiers. Il lui parla du cheval mort annonçant l'arrivée de ceux-ci et des torches que le capitaine devait agiter au sommet de la tour Hugues pour annoncer que la porte serait ouverte.

Le comte Louis écoutait sans interrompre, un sourire énigmatique crispant ses lèvres.

« Et alors ? demanda-t-il quand Alain s'arrêta de parler.

— Alors, répondit Alain désarçonné, je suppose que... vous allez prendre les mesures nécessaires...

— C'est tout ?

— Non (Alain était rouge, les mots avaient du mal à sortir de sa gorge)... Si Votre Seigneurie le veut bien... en considération du service rendu, libérez ma mère s'il vous plaît. »

Le comte Louis éclata d'un grand rire cruel.

« Je m'en doutais ! cria-t-il. Bande d'effrontés, de menteurs ! de coquins ! J'aurais bien envie de vous écraser sous les sabots de mon cheval. Mais j'ai promis... Vous ne perdez rien pour attendre. Je vous apprendrai à vous moquer de moi, à attaquer mes gardes. Dès mon retour au château, j'envoie le capitaine d'Enfer à vos trousses, et je n'aurai de cesse que vous ne soyez pendus ! »

Le cheval, les côtes labourées par l'éperon, bondit en avant. Le comte tourna bride et s'en fut au triple galop.

Les trois amis se regardèrent la mine basse, les yeux pleins de larmes. Gros Guillaume tremblait des gros orteils à la pointe des cheveux.

« Raté, dit Alain en s'efforçant de sourire.

— Dépêchons-nous de fuir, balbutia Gros Guillaume. Vous l'avez entendu... »

Sous l'empire de la colère, le comte Louis arriva bientôt en vue de sa seigneuriale demeure. Comme il approchait du pont-levis, il croisa quelques paysans en train de tirer une bête gisant à terre. Il ralentit l'allure.

« C'est le cadavre d'un cheval qu'on vient de trouver là et qu'on mène pourrir dans la campagne », expliqua un garde avec déférence.

Une lueur d'étonnement passa dans les yeux du comte.

« D'où vient-il, ce cheval ? »

Personne ne le savait. Tout pensif, il entra au château.

« Allez me chercher Colin le Triste », dit-il à un serviteur.

« Ils ne sont pas beaux, souffla Gros Guillaume sur sa branche perché.

— Tu peux le dire », opina Pierrot.

Déjouant les sentinelles, les trois amis, silencieux et souples comme les écureuils, leurs frères, s'étaient hissés jusqu'au sommet d'un arbre. Ils avaient là une vue plongeante sur le camp volant de la troupe de José-François l'Espagnol.

Un pâle soleil matinal éclairait la scène. Les Écorcheurs se réveillaient à peine, s'ébrouaient, tout engourdis encore par le froid de la nuit. Les plus courageux commençaient à déjeuner d'une soupe épaissie de tranches de pain sombre. Les flacons de vin circulaient de mains en mains.

À les regarder, il était difficile de désigner parmi eux le plus sale, aussi difficile que d'en trouver un dont la physionomie reflète autre chose que de la méchanceté brutale. Ils ne vivaient, les Écorcheurs, que par meurtres et rapines : vieux routiers barbus et hirsutes, vêtus de cuir noirci et d'acier rouillé, rescapés de cent batailles, déserteurs de tous les camps, ou bien bandits de grands chemins recherchés par la justice de dix seigneuries, quelquefois aussi paysans fatigués de la misère, entraînés de gré ou de force, devenus avec le temps aussi endurcis au mal que leurs compagnons... Bras de Fer était un colosse au front bas, le Grêlé ressemblait à une araignée, personne ne possédait autant de sournoiserie inscrite sur son visage que Court sur Pattes le bossu. On pouvait les prendre un par un : on n'en trouvait aucun pour racheter l'autre. Ensemble, ils formaient une troupe dangereuse comme on en rencontrait de nombreuses en ce temps-là, au grand désespoir des gens de la campagne... Ceux-là, José-François l'Espagnol les dirigeait d'une poigne impitoyable, punissant et tuant même, à la moindre incartade.

« N'ont pas l'air commodes, dit encore Gros Guillaume.

— Et le comte Louis qui ne voulait pas nous croire, ajouta Pierrot écœuré. Il les verrait comme on les voit...

— Il libérerait peut-être ma mère, soupira Alain.

— Ne perds pas courage, murmura Pierrot. Il devra bien reconnaître que tu n'as pas menti quand ceux d'en dessous attaqueront le château.

— Il sera peut-être trop tard, répliqua Alain.

— Non... Et il libérera ta mère. Ou alors on trouvera quelque chose d'autre pour la libérer nous-mêmes, fit Pierrot avec énergie.

— Ne parlez pas si fort, souffla Gros Guillaume.

— L'important, continua Pierrot, c'est de ne pas perdre la troupe de vue, et de trouver un bon moment pour intervenir. »

Alain réfléchissait. Pas convaincu, Gros Guillaume se gratta la tignasse. Puis ils regardèrent, très intéressés, quelques Écorcheurs en train de se battre pour une histoire d'écuelle moins remplie de soupe que celle du voisin.

12

Colin le Triste à la tour Hugues

Cela ne faisait guère sourire Colin le Triste, la perspective de passer une nuit blanche dehors, et surtout auprès de cette tour Hugues à la sinistre réputation.

Mais que faire ? Il hocha mélancoliquement sa longue tête, souffla la mèche de coton trempée dans une bouteille en terre pleine d'huile, et sortit de sa chambre, située au-dessus de celle du comte Louis.

L'intendant du château descendit sans bruit dans la cour déserte et sombre. Il nota avec satisfaction qu'aucune lumière ne brillait dans les communs. Tous les habitants du château devaient dormir. Seuls, trois hommes de garde veillaient au pont-levis dressé, derrière la herse en fer abattue. Une seule sentinelle se tenait aussi au sommet des quatre tours d'angle, scrutant les ténèbres, prête à donner l'alerte s'il se passait quoi que ce soit de suspect. En revanche, personne ne surveillait les deux tours formant le centre des deux côtés les plus longs de l'enceinte : la tour Blanche (où se trouvait la prison tout près du pont-levis) et la tour Hugues. C'est vers cette dernière que se dirigeait Colin.

La tour Hugues était le seul endroit du château inhabité et abandonné. Cela depuis plus de cent ans. Une histoire expliquait la chose : un aïeul du comte Louis, revenu des croisades, constata qu'un de ses fils, Hugues de Maldoret, était atteint de la lèpre. La maladie faisait horreur. Hugues fut enfermé dans une tour, tout seul, la porte murée, les fenêtres garnies de barreaux de fer. Deux fois par jour, un serviteur passait par un étroit judas un plateau de nourriture poussé par un bâton que l'on jetait au feu immédiatement après. De longues années, Hugues vécut ainsi, prisonnier invisible. Personne n'entendit plus jamais le son de sa voix. Un jour, on s'aperçut que les plateaux de nourriture n'étaient plus enlevés. Alors, on cessa d'en porter de nouveaux. Très longtemps après, le père du comte Louis fit démurer la porte. On eut recours à un moine pèlerin, hébergé au château, pour qu'il franchisse cette porte le premier. Le moine entra. On ne le vit plus ressortir, on l'appela en vain. Que s'était-il passé ? on ne le sut jamais... Alors, autour de la tour Hugues naquit une légende. On disait que le spectre du jeune comte l'habitait, qu'il apparaissait quelquefois la nuit et que celui qui entrerait dans la tour, désormais, mourrait de mauvaise mort, par vengeance. Cela suffit pour que personne ne se hasarde à en franchir le seuil, le comte Louis le premier, pourtant si hardi au tournoi, à la chasse ou à la guerre...

Il ne faisait pas chaud. Colin serra plus étroitement autour de sa taille le grand manteau de fourrure accroché à son cou et qui l'enveloppait entièrement. Le comte Louis avait parlé de torches agitées au sommet de la tour. Quel était le fou qui oserait y monter ? De toute façon, en haut des remparts il les verrait à son aise... Colin s'engagea sur l'escalier extérieur, raide et glissant. Un vent froid soufflait, le ciel charriait de lourds nuages noirs.

« Manquait plus que la pluie », soupira Colin.

Non, décidément, entre les créneaux la place

n'était guère bonne, ni surtout confortable. Il redescendit en maugréant.

« Je verrai encore mieux d'en bas si quelqu'un monte, songea-t-il. Et il faut bien que quelqu'un monte pour les allumer, ces torches... En ce cas, je préviendrai le comte. Il fera ce qu'il voudra. Mais moi, je n'y entrerai pas, dans la tour Hugues... Ah ! non... »

Colin se choisit une place en bas de l'énorme muraille, s'assit sur une pierre, soupira une nouvelle fois et attendit.

Le temps passa. Nul bruit dans le château : tout dormait. Colin lui aussi avait envie de dormir et luttait contre le sommeil qui alourdissait ses paupières. À plusieurs reprises, il dut se ressaisir. Soudain, il se secoua plus fort, percevant un bruit de pas étouffés sur les pierres. Colin avala sa salive, écarquilla les yeux. Une ombre approchait lentement. Colin respira, reconnaissant le capitaine Jérôme d'Enfer.

Il ne brillait guère par son intelligence, l'intendant du château. Un sourire joyeux apparut sur ses lèvres. Bien que n'aimant pas beaucoup le capitaine, il se félicita de la présence de ce dernier. Elle ferait diversion et l'aiderait à passer le temps.

« Bonsoir, fit-il en se levant. Quel bon vent vous amène ? »

Jérôme d'Enfer réprima un tressaillement de surprise. Sa main se porta vivement à la large dague qu'il avait à la ceinture, sous son manteau.

Mais Colin le Triste ne paraissait visiblement animé d'aucune mauvaise intention.

« Je suis bien content ce vous voir, continua-t-il.

— Je faisais un tour d'inspection, dit Jérôme, reprenant son sang-froid. Mais vous-même, qui diantre vous pousse ici, hors du lit, à cette heure ?

— Ah ! soupira Colin le Triste, c'est toute une histoire... Et je me demande pourquoi le comte Louis ne vous a point confié à vous la mission que je suis en train d'accomplir. Elle est de votre ressort plus que du mien.

— Une mission… Quelle mission ? interrogea le capitaine.

— Heu… bredouilla Colin. Le comte m'a ordonné de n'en point parler, alors il ne faut point que j'en parle.

— Même à moi ? fit Jérôme.

— Heu… le comte ne m'a point parlé de vous…

— Alors, racontez-moi. »

Colin hésita un instant. Mais il était trop tard pour reculer.

« Ne le répétez à personne, finit-il par dire. Il paraît qu'un danger menace notre château et que quelqu'un pourrait cette nuit, ou la nuit prochaine, faire signe à une troupe d'Écorcheurs. Ceux-ci, par trahison, entreraient la nuit d'après au château. Aussi, le comte Louis m'a-t-il chargé de veiller et de le prévenir tout de suite s'il survenait la moindre des choses suspecte… Avouez que c'est quand même étrange : quelqu'un aurait la témérité de monter à la tour Hugues… »

Jérôme d'Enfer avait blêmi en écoutant le bavard. Comment diable le comte était-il au courant ? Un vent de panique le secoua. Puis il réfléchit que le comte ne devait être sûr de rien. Autrement, lui, Jérôme d'Enfer, serait déjà au fond d'une oubliette. Il y en avait de disponibles à côté de celle de la vieille femme.

« Ne la répétez pas surtout, disait Colin le Triste. Mais que pensez-vous de cette histoire ?

— Rien, répliqua rudement Jérôme. Je ne suis pas dans le secret du comte Louis, moi. Et si je devais penser quelque chose, ce serait pour vous conseiller de ne pas lui parler de notre conversation, étant donné qu'il vous a demandé la discrétion la plus grande...

— Mais... mais... bien sûr, bredouilla Colin.

— Bonne nuit. »

Jérôme d'Enfer s'éloigna à grands pas, laissant Colin interloqué.

« J'ai peut-être été vif, songea-t-il. Cet imbécile vient de me sauver la vie. Quoi qu'il en soit, il faut modifier nos plans. »

Car Jérôme avait bien choisi de trahir son maître en livrant le château à José-François l'Espagnol. Il ne voyait d'autre solution possible s'il voulait échapper à la corde, l'Espagnol ne menaçant jamais en vain. Sa confiance en son ancien ami tenait à l'aise dans un dé à coudre, mais il avait déjà échafaudé dans sa tête de sombres plans qui devaient faire de lui, en même temps, le maître du château de Maldoret et le chef des Écorcheurs.

Jérôme s'éloigna, pensif, et s'en fut remettre à leur place les deux flambeaux de résine, puis un sourire éclaira son visage. Sa décision était prise. Il allait immédiatement l'exécuter.

Colin le Triste s'était rassis au pied de la muraille, pensant à la scène qui venait de se dérouler avec le capitaine. Il en conclut que ce dernier était tout simplement jaloux de voir confier à un autre une tâche qui lui revenait de droit.

« Il a raison », se dit-il honnêtement.

Tout occupé à ses pensées, Colin le Triste, cette fois-ci, n'entendit pas la venue silencieuse de Jérôme se glissant comme une ombre, sans crainte, dans la tour Hugues à la porte entrebâillée. Prenant bien garde à ne pas faire de bruit, Jérôme d'Enfer grimpa rapidement les trois étages d'escaliers inégaux menant au sommet de la tour. Son passage effraya quelques rats dérangés et provoqua un envol de hiboux par une meurtrière.

Jérôme d'Enfer n'était pas superstitieux. À plusieurs reprises déjà, il avait visité la tour Hugues, en cachette, espérant peut-être y découvrir quelque chose d'intéressant. Il n'y trouva que deux squelettes bien propres : celui d'Hugues de Maldoret, mort de la lèpre, et celui du moine, mort on ne savait ni pourquoi ni comment...

Une plate-forme ronde recouverte d'un toit pointu formait le sommet de la tour. Les murs crénelés donnaient moyen aux archers de lancer leurs

flèches sur l'assaillant. Et des mâchicoulis dominaient le fossé. Les mâchicoulis, on le sait, sont les ouvertures ménagées verticalement et en surplomb qui permettent de lancer avec commodité au pied des tours des pierres ou de l'huile bouillante.

Un homme ne pouvait normalement passer par un de ces trous. Pourtant, sans hésiter, Jérôme d'Enfer se dirigea vers l'un d'eux. Il s'accroupit, banda ses muscles, le dos contre la muraille et repoussa une dalle qui glissa sur sa rainure. Le trou, de ce fait, s'agrandit. Jérôme ramassa alors un gros paquet de corde épaisse roulé dans un coin, en fixa une extrémité à un crochet en fer scellé au mur... À l'autre extrémité il attacha une forte planche et une autre plus mince. Puis il fit passer le tout par l'ouverture. Lentement il déroula la corde. Quand elle fut déroulée tout entière, à son tour il s'engagea dans le mâchicoulis, il descendit agrippé des pieds et des mains. Colin le Triste ne pouvait pas l'entendre à l'intérieur du large mur d'enceinte, et il aurait fallu aux guetteurs des tours d'angle une ouïe bien fine pour percevoir le faible bruit qu'il faisait.

Bientôt, juste au-dessous de Jérôme, l'eau noire du fossé brilla. L'épaisse planche reposait sur elle et, lorsqu'il l'eut détachée, lui servit de fragile embarcation pour traverser le fossé jusqu'à la rive. Il s'aidait de l'autre planche comme d'une rame.

Arrivé à bon port, il tira les planches sur l'herbe. Puis se dressa et se mit à courir dans la nuit, vers la forêt, vers le camp des Écorcheurs.

13

Gros Guillaume prisonnier

Avant l'aube, Jérôme d'Enfer revint au château par le même chemin. Redescendant l'escalier de la tour Hugues, il lui sembla entendre un faible bruit dans une des salles. Il s'arrêta, prêta l'oreille.

« Quelque bête », pensa-t-il, se remettant en marche.

Colin le Triste ne le vit pas sortir de la tour et s'en retourner tranquillement dans son logement, satisfait des résultats de sa course nocturne. Pas plus Colin le Triste ne remarqua la vieille servante Annette, tout de noir vêtue, sortant de la même tour quelques instants après Jérôme, rasant les murs.

Et Colin le Triste veilla trois nuits en vain, guettant les signaux de feu qui ouvriraient aux Écorcheurs la porte du château. Chaque matin, il allait rendre compte de ses veilles à son seigneur Louis, lequel finissait par croire à une coïncidence fortuite entre les paroles des jeunes paysans et le cheval trouvé mort à la porte. Il n'en disait pas moins à son intendant de continuer sa surveillance.

Et Colin le Triste, durant le jour, faute de sommeil, paraissait du haut de sa longue silhouette maigre de plus en plus renfrogné, de plus en plus pâle, de plus en plus triste...

S'efforçant de garder ses yeux rougis grands ouverts, il surveillait dans la cour le montage d'un champ clos, d'une tribune de bois et de tentes en fine toile surmontées de blasons, tout cela en prévision de l'arrivée du baron Clément le Noir et du tournoi en l'honneur de la comtesse Mahaut.

Le comte Louis, perplexe, conservait à Jérôme d'Enfer le même visage qu'à l'ordinaire. Ils étaient d'ailleurs très occupés à parfaire ensemble l'élevage d'un faucon, lequel s'annonçait particulièrement doué pour la chasse. Ce magnifique rapace n'avait point encore perdu de sa sauvage noblesse. Il fallait le voir, la tête encapuchonnée, reposer sur le poing ganté de cuir du comte. Puis, le capuchon ôté, à la vue d'un oiseau passant dans le ciel, jaillir

comme une flèche d'un trait puissant, jusqu'à la proie, la saisir d'un coup précis et revenir ensuite, docilement, sur le poing tendu. Le comte Louis n'arrivait pas à se lasser du manège de la bête. Jérôme faisait chorus et l'encourageait bruyamment bien qu'il eût en tête d'autres soucis que l'élevage d'un faucon.

Pendant ce temps, Mahaut ne quittait guère sa chambre, préoccupée par quelque mystère connu seulement d'Annette, la servante.

Pendant ce temps aussi, Alain, Pierrot et Gros Guillaume ne perdaient pas de vue la troupe des Écorcheurs. Celle-ci resta tranquille, sans bouger de la clairière trois jours durant, protégée par ses sentinelles.

Mais à l'aube du quatrième jour, une grande animation s'empara des routiers. Les hommes fourbissaient leurs armes, pliaient bagage...

« Que se passe-t-il ? » pensa Alain, perché avec ses compagnons à son poste d'observation.

« Ils vont s'en aller, dit Pierrot.

— Suivons-les », ajouta Gros Guillaume.

Ils redescendirent rapidement de leur arbre, sans qu'aucune branche ne craque. Ce qui constituait de la part de Gros Guillaume une belle performance.

« Malheur ! fit justement ce dernier en mettant pied à terre. J'ai oublié mon bonnet là-haut.

— Laisse-le, il fera fuir les oiseaux, suggéra Pierrot.

— Que non ! j'ai trop froid aux oreilles. »

Les autres se mirent à rire, silencieusement,

pour ne pas se faire entendre. En soupirant, Gros Guillaume attrapa une branche basse et se mit à grimper. Le bonnet se trouvait tout en haut. Guillaume le saisit d'une main et l'enfonça sur sa tête. Au mouvement qu'il fit, peut-être trop rudement, la branche sous son autre main se rompit avec un claquement sec. Gros Guillaume perdit l'équilibre, ne pouvant s'empêcher de crier de saisissement... Il essaya de se retenir, d'autres branches cassèrent... Gros Guillaume dégringola avec bruit.

Les plus proches routiers entendirent le vacarme (il aurait fallu être sourd pour ne pas l'entendre). Ils se précipitèrent, les armes à la main.

« Fuyons, dit Pierrot.

— Et Gros Guillaume ?

— Il est pris, viens. Cela ne changera rien qu'ils nous attrapent aussi. Au contraire. »

Les deux compagnons prirent leurs jambes à leur cou. Non sans maudire la malchance qui s'acharnait sur eux.

Gros Guillaume, en effet, achevait sa chute amortie, au beau milieu d'un groupe de routiers, aux intentions aussi menaçantes que leurs visages.

« Qui es-tu ? gronda le géant Bras de Fer. Parle,

ou je t'enfonce d'un coup de poing la tête dans ton ventre. »

Gros Guillaume frissonna en balbutiant :

« Je m'appelle Gros Guillaume, messire...

— Que fais-tu là, hein ?

— Je... je me promenais. »

Les routiers éclatèrent de rire, mais de rires cruels.

« Il se moque, grinça le petit Court sur Pattes. Apportez du feu, les amis, qu'on lui chauffe la plante des pieds.

— Avec sa graisse, il va frire », ricana un autre Écorcheur.

Gros Guillaume se mit à hurler. José-François l'Espagnol arrivait en courant. Il réagit sans tarder.

« Fouillez les environs, cria-t-il. Vite ! il faut voir s'il est seul. »

Les routiers obéirent et s'éparpillèrent.

« Tais ta grosse bouche ! » ordonna l'Espagnol, accompagnant sa phrase d'un coup de pied.

Il regarda l'adolescent assis par terre, la peur inscrite sur le visage, le menton tremblotant. Son œil méchant le transperça.

« Il n'a pas l'air d'un espion », songea-t-il. Heureusement !

« Je passais, monseigneur... je vous assure, fit

Gros Guillaume... C'est par hasard... je n'ai rien fait de mal.

— On verra ça », dit l'Espagnol.

Les routiers revenaient déjà : personne dans les alentours. Dame ! Alain et Pierrot ne les avaient pas attendus.

« Bien, décida José-François. On s'occupera de lui plus tard. Bon Œil et Du Chemin resteront le garder... Il est jeune et fera une belle recrue quand nous lui aurons fait perdre sa graisse. Quant à nous, il va être temps de se mettre en route. »

Gros Guillaume respira, les autres s'éloignèrent. Bon Œil et Du Chemin, deux routiers à la mine patibulaire, le relevèrent brutalement et le lièrent avec une grosse corde à l'arbre d'où il avait dégringolé.

« En route ! hurlait l'Espagnol à ses hommes. On va rire ! Celui qui reculera, je le découpe en rondelles de mes propres mains. Ce jour est pour nous tous un grand jour ! »

Ce jour-là, c'était celui où le comte Louis s'apprêtait à recevoir en son château Clément le Noir et sa suite.

Précédé de gardes en éclaireurs, le baron Clément le Noir chevauchait en tête de ses serviteurs sur un cheval blanc, de belle race. Il avait revêtu son armure de fête, éblouissante d'or. Une fine toque d'acier doublée de cuir reposait sur ses cheveux drus et coupés court. À sa taille pendait sa plus belle épée. Un écuyer, derrière lui, portait son casque surmonté d'un panache de plumes blanches et son écu aux couleurs de sa baronnie.

Puis allait un valet, à pied, portant haut une oriflamme. Trois seigneurs le suivaient, vassaux du baron, eux aussi en armure de tournoi. D'autres valets portaient des lances de combat flamboyantes et de lourds coffres chargés de cadeaux. Des gardes armés, à cheval, fermaient la marche du cortège.

Le baron Clément se sentait ce matin-là particulièrement joyeux, en pleine forme, en pleine possession des ses moyens physiques. Il regrettait seulement de n'avoir à combattre en joute amicale que le comte Louis, son hôte.

« Dommage, pensait-il, qu'il n'ait point invité d'autres seigneurs du voisinage. Avec quelle joie je les aurais abattus l'un après l'autre sous les yeux de Mahaut. »

Il pensa alors à Mahaut, le baron Clément le Noir. Oui, c'était décidé. Il profiterait de l'occasion pour demander au comte la main de sa fille. Ce serait là une belle et bonne alliance avec la perspective de posséder tôt ou tard les vastes terres des Maldoret en héritage, Mahaut étant fille unique et donc unique héritière.

Réfléchissant à ces perspectives réjouissantes, le baron Clément chevauchait. Son cheval soudain ralentit l'allure comme s'il pressentait quelque danger. Mais le baron pressa de ses jambes les flancs de la bête. Il ne restait qu'une demi-heure à peine avant que le château de Maldoret ne soit en vue.

La troupe allait, tranquille.

14

L'embuscade

Les autres étaient partis depuis un bon moment. Gros Guillaume ne riait pas et s'usait la cervelle pour trouver un moyen de sortir de sa fâcheuse situation. Ayant horreur des coups, il se voyait mal embrigadé chez les Écorcheurs pour le restant de ses jours... dont le nombre risquait d'ailleurs, par le fait, de diminuer considérablement. Un routier, en ce temps-là, vivait rarement vieux, encore moins vieux que tous les autres gens du peuple.

« J'ai faim, dit Bon Œil en bâillant.

— Il doit rester de la soupe », répondit son compagnon.

Bon Œil haussa les épaules.

« De la soupe qui date de huit jours... pouah ! »

Gros Guillaume se sentit illuminé par une idée... c'était le moment d'intervenir dans la conversation.

« C'est vrai que vous n'avez pas l'air de bien manger », dit-il.

Les autres le dévisagèrent.

« De la soupe qui date de huit jours continua Gros Guillaume avec un sourire de commisération. Si ce n'est pas malheureux, pour de vaillants soldats comme vous... alors qu'il n'y a que la main à tendre pour cueillir un jambon ou tordre le cou à une poularde bien grasse...

— Heu... fit Bon Œil, du jambon...

— Une poularde bien grasse... » murmura Du Chemin à son tour.

Ils regardèrent Gros Guillaume et sa silhouette dodue.

« Nous sommes en campagne, grogna Bon Œil.

— La belle raison ! s'exclama Gros Guillaume... tenez... je connais à deux pas d'ici une maisonnette perdue où une vieille femme élève des volailles pour le château. »

Les deux routiers haussèrent les épaules et se détournèrent. Mais les paroles de Gros Guillaume cheminaient dans leurs têtes : à deux pas, une vieille femme seule, des volailles dodues... Ils se consultèrent du regard.

« L'Espagnol ne reviendra pas tout de suite », dit Du Chemin.

Bon Œil s'en alla brusquement jusqu'au chaudron suspendu au-dessus d'un feu mort. Il le huma, fit la grimace, revint vers le prisonnier à grands pas.

« Écoute, gronda-t-il, décidé. Tu vas nous mener jusqu'à la maison de la vieille. Mais par le diable, si tu essaies de fuir ou bien s'il n'y a pas de volailles, je te coupe le nez et les oreilles avec l'épée que tu vois là.

— C'est comme vous voulez, dit Gros Guillaume. Moi je n'ai pas faim. Ce que j'en dis, c'était pour vous... »

Ils lui délièrent les pieds.

« Marche et n'oublie pas : un pas de travers et on te transperce. »

Gros Guillaume cacha le sourire qui lui montait aux lèvres. Sans répondre, il s'enfonça dans la forêt, les deux autres sur ses talons.

Il savait bien où il allait, Gros Guillaume, et il y allait tout droit... Ils cheminèrent moins d'un quart de lieue. De temps en temps le jeune garçon jetait un regard furtif derrière lui, pour voir si ses deux gardiens marchaient à sa droite ou à sa gauche. Car la chose avait de l'importance pour ses projets. Malheureusement ils le suivaient, juste derrière son dos.

« C'est encore loin ? demanda Bon Œil en le piquant du bout de son épée.

— Aïe ! s'exclama Gros Guillaume... Nous y arrivons presque... »

Aucune autre solution... brusquement Gros Guillaume bondit en avant. Au bout de trois enjambées, il obliqua sur sa droite, puis reprit son premier chemin, tout droit, comme s'il perdait la tête.

Les autres avaient eu un bref instant de surprise. Mais tout de suite après, poussant un cri de rage, ils s'élancèrent à sa poursuite, droit devant eux, sans faire de crochet... C'est ce que voulait Gros Guillaume. Lui, en tournant, avait évité un piège à loups qu'il connaissait bien. Eux, se jetèrent en plein sur le piège... Le sol sous leurs pieds s'effondra et ils tombèrent ensemble, hurlants, dans un trou... Oh ! pas tellement profond, mais garni de trois pieux bien acérés.

C'est ainsi que Gros Guillaume, fier de lui, retrouva une liberté qu'il avait crue à jamais perdue.

Et ce fut l'embuscade. Tout à coup, de trois côtés à la fois une grêle de flèches troua la forêt, s'abattant sur la troupe du baron Clément. La moitié de ses hommes furent renversés sur le coup avant même de réaliser l'attaque. Pour les autres, l'épouvante bientôt remplaça la stupéfaction car, au même moment cinquante démons hurlants surgirent derrière les arbres et se précipitèrent sur les survivants en brandissant bien haut épées, fléaux et masses d'armes...

Pas question de résister : le baron Clément n'eut pas même le temps de tirer en entier sa belle épée de son fourreau. Un énorme colosse déjà l'abattait de son cheval, d'un épouvantable coup sur la tête. Ce fut pareil pour ses compagnons... La fière oriflamme gisait à terre dans la boue, et aussi les coffres et les lances prêtes pour le tournoi... Quelques hommes tentèrent de fuir, piquant leurs chevaux à grands coups désespérés. Mais les Écorcheurs (car c'étaient bien eux) avaient tendu des cordes entre les arbres et n'en laissèrent échapper aucun vivant.

« Pas de quartier ! hurlait l'Espagnol brandissant une épée rouge de sang.

— Pas de quartier ! hurlait le Grêlé comme un écho.

— Pas de quartier ! » hurlait Court sur Pattes plus fort que tous.

Il s'était laissé tomber de la branche d'un arbre sur le dos d'un valet du baron, l'avait égorgé proprement de son poignard et maintenant, les yeux flamboyants, il faisait caracoler le cheval, cherchant autour de lui une nouvelle proie.

« J'ai eu le baron ! » hurla Bras de Fer en agitant sa masse à bout de bras dans un grand geste de triomphe.

La bataille était déjà finie. L'effet de surprise et

la supériorité du nombre provoquèrent en un instant l'anéantissement complet de la troupe de Clément le Noir. Autour de leur maître mort, les gens du baron gisaient à terre, de-ci, de-là...

Il se fit un grand silence qu'interrompit bientôt la voix féroce de l'Espagnol. Féroce et joyeuse à la fois :

« Bien joué, camarades ! Au travail maintenant. Vite ! »

Les Écorcheurs se précipitèrent. Jamais leur nom ne les désigna mieux : en un instant tous les morts furent retournés, fouillés, dépouillés des pieds à la tête : poulaines, cottes de mailles, armures, casques... Les Écorcheurs s'en vêtirent avec de grands rires et force exclamations de contentement.

L'Espagnol surveillait et guidait la métamorphose de ses hommes, laquelle correspondait à un plan bien défini. Il n'y eut pas d'équipements pour tous. L'Espagnol empêcha les empoignades naissantes. Une dizaine de routiers durent se contenter des meilleurs restes de leurs camarades. Cela donna, en fin de compte, une troupe d'assez belle apparence, surtout vue de loin. Les Écorcheurs relevèrent l'oriflamme du baron, en ôtèrent la boue. Ils ramassèrent les lances de combat et les coffres de cadeaux transpercés de cent yeux avides. Les chevaux furent rattrapés et calmés.

Pendant ce temps, l'Espagnol revêtait l'armure étincelante de Clément le Noir. Elle s'avéra un peu large pour lui ; mais une fois la visière du casque rabattue sur le visage, personne n'aurait osé dire que ce cavalier, monté sur son cheval arabe, n'était pas le baron lui-même.

15

Au château

Alain et Pierrot avaient suivi les routiers, curieux de savoir où ils allaient, décidés à revenir ensuite délivrer Gros Guillaume. Perchés sur des branches d'arbres (selon leur bonne habitude), les yeux exorbités, ils assistèrent à l'embuscade. Pour la première fois de leur vie, ils voyaient de leurs propres yeux les exploits de ces routiers, dont les paysans parlaient avec terreur.

Après le massacre, lorsque les Écorcheurs revêtirent les dépouilles des morts et relevèrent l'oriflamme, Alain murmura à son compagnon :

« Je crois deviner...

— Quoi ?

— Ce qu'ils vont faire, tiens...

— Et que vont-ils faire d'après toi ?

— Ils vont se remettre en marche vers le château, expliqua Alain, avec l'Espagnol à leur tête déguisé en baron. Ceux de Maldoret croiront voir arriver la troupe de Clément le Noir. Quand ils s'apercevront de la supercherie, il sera trop tard : les loups auront pénétré dans la bergerie, et alors malheur...

— Tu as peut-être raison, fit Pierrot. Pourtant ce n'est pas cela qui était convenu entre les Écorcheurs et Jérôme d'Enfer et que nous avons entendu, l'autre jour dans notre cachette.

— C'est vrai. Il y aura eu un contrordre, sans doute.

— Que faire maintenant ?

— Eh bien, fit Alain, cours prévenir les bûcherons. Nous aurons besoin de leur aide. Moi, je vais alerter le comte Louis. Tant pis pour ce qui peut arriver.

— Et Gros Guillaume ?

— Il ne risque rien ; nous le délivrerons après la bataille. »

Les deux compagnons battirent en retraite et se séparèrent sans un mot de plus, chacun filant de son côté.

José-François termina bientôt ses préparatifs et se remit en marche avec ses hommes vers le château de Maldoret. À les voir s'avancer en bon ordre, tranquillement, qui pouvait croire qu'un drame venait de se jouer au cœur de la forêt ?

Pendant ce temps, galopant à toute vitesse, Pierrot avait retrouvé son père François et d'autres bûcherons en train de cueillir des racines non loin de là. Il leur expliqua la situation en deux mots.

« Je n'ai pas envie de me faire tuer pour le comte Louis, dit un des hommes.

— Moi non plus, renchérit un deuxième bûcheron.

— Écoutez, dit François. Nous ne pouvons pas vivre toute notre vie cachés dans la forêt, avec des gardes du comte à nos trousses. Alors que si on lui rend service, il devra nous en tenir gré... »

Ils réfléchirent un instant.

« Tu as peut-être raison, François, dit le premier bûcheron. Mais de toute façon on ne peut pas faire grand-chose.

— Peut-être retarder leur avance, suggéra Pierrot. S'il n'est pas trop tard.

— Allons-y ! »

Sitôt dit, sitôt fait. En galopant par les raccour-

cis, ils réussirent à rattraper et à dépasser la troupe de José-François l'Espagnol.

Celle-ci marchait dans une trouée servant de chemin. Le château de Maldoret était tout près maintenant.

Et voilà qu'à un détour deux gros chênes abattus barraient le passage dans un enchevêtrement de branches. Les Écorcheurs ralentissant s'approchèrent.

« Ôtez ces arbres ! » ordonna l'Espagnol.

Ils perdirent du temps à les tirer de côté. Les bûcherons travaillaient vite : plus loin encore deux autres chênes immenses retardèrent encore une fois l'avance des routiers. José-François jura de colère. Ils tentèrent de contourner l'obstacle et reperdirent davantage de temps en franchissant les fourrés.

« Nous avons fait ce que nous avons pu, dit François, les observant de loin avec ses compagnons.

— Tu te souviens, fit un bûcheron, lors d'une occasion pareille, nous avions jeté dans les jambes des chevaux un essaim d'abeilles sauvages. Et les abeilles sont sorties toutes courroucées... Aïe, aïe, mes aïeux... »

Ils rirent tous à ce souvenir.

« Nous n'avons point d'essaim sous la main, dit François. C'est bien dommage, pas vrai ?

— J'espère qu'Alain est bien arrivé, fit Pierrot avec inquiétude, et qu'ils ont eu le temps de prendre des mesures au château. »

Ils regardèrent les Écorcheurs, maintenant sortis de la forêt et s'avançant lentement dans la plaine vers les hautes murailles de Maldoret.

« Garçon, dit François à son fils. Va-t'en chercher tous nos compagnons avec leurs haches. On ne peut pas laisser faire des choses pareilles ! »

Pendant ce temps, une fois débarrassé de ses gardiens, Gros Guillaume tout guilleret avait décidé de rejoindre ses compagnons. Il revint au camp des Écorcheurs et là essaya de libérer ses mains toujours liées derrière son dos.

Un des feux était encore chaud, avec des tisons rouges achevant de se consumer au milieu des cendres. Il décida de brûler ses liens... S'accroupissant sur les talons, il recula, recula encore, tendant ses bras en arrière pour mettre en contact la corde et le feu... Las ! Ce qui devait arriver arriva : il perdit l'équilibre, dégringola dans les cendres, renversant sur sa tête le lourd chaudron noir abandonné, à moitié plein de soupe moisie...

Quand il réussit enfin à se libérer, il avait perdu beaucoup de temps. Il prit dans la forêt la trace de la troupe des Écorcheurs, facile à repérer pour un fils de paysan comme lui. L'œil et l'oreille aux aguets, il marchait...

Soudain, il entendit le bruit d'une course et se jeta dans un buisson. Il en rejaillit tout de suite, comme poussé par un ressort, en reconnaissant Alain, galopant vers lui. Ils se retrouvèrent dans les bras l'un de l'autre, tout heureux.

« Pas le temps de t'écouter », dit Alain, comme Gros Guillaume commençait à lui raconter son histoire.

Lui, en revanche, le mit au courant du massacre et du piège que l'Espagnol préparait.

« Oh ! là là ! fit seulement Gros Guillaume comme à son habitude. Oh ! là là !

— Vite ! »

Ils se remirent à courir tous les deux, à perdre haleine, sans prendre garde aux déchirures des ronces et aux pierres aiguisées sous leurs pieds nus. Bientôt, ils se retrouvèrent aux abords du château. Stoppant sa course, Gros Guillaume hoqueta, tout essoufflé :

« Tu ne crois pas qu'ils vont nous pendre ? »

Alain n'était sûr de rien. Il répliqua pourtant :

« Mais non... Dépêchons ! »

Devant le pont-levis dressé ils se mirent à hurler pour attirer l'attention des gardes dont les têtes casquées apparurent à la barbacane, de l'autre côté du fossé :

« Laissez-nous entrer, cira Alain. Les Écorcheurs arrivent ! »

Celui qui entendit le mieux ce cri, ce fut Jérôme d'Enfer, justement en train de guetter ses amis au poste de garde. Il blêmit, mais se reprenant aussitôt :

« Baissez le pont-levis », ordonna-t-il à ses hommes.

Ceux-ci obéirent. Pendant que grinçaient les

chaînes, il recula pour que les deux jeunes paysans ne puissent pas le voir. Les gardes firent signe. Alain et Gros Guillaume accoururent.

« Il faut prévenir le comte Louis », lança Alain tout essoufflé encore.

Il n'en dit pas plus long, tressaillant d'effroi en apercevant la silhouette du capitaine d'Enfer.

« On s'en occupe », gronda celui-ci en avançant d'un pas.

Son poing ganté de fer heurta Alain au menton, heureusement à bout de course. Alain n'en dégringola pas moins en arrière, à moitié assommé.

« Attachez-le ! ordonna Jérôme d'Enfer, et celui-là aussi. »

Celui-là, c'était Gros Guillaume, un Gros Guillaume affolé qui bondit en avant pour échapper au danger et s'élança dans la cour du château, une meute de gardes à ses trousses.

« Mort ou vif ! hurla le capitaine. Mais qu'on ne le laisse pas parler ! »

Dans la cour, un valet plein de zèle fit un croche-pied à Gros Guillaume. Celui-ci tomba tout de son long, mais se releva immédiatement pour se précipiter vers le premier refuge venu : une porte ouverte, celle des cuisines.

En entrant, il bouscula une vieille femme. Il la

reconnut tout en perdant l'équilibre et en dégringolant une nouvelle fois par terre : c'était Annette, la servante.

« Trahison, souffla-t-il. Les Écorcheurs... tué le baron Clément... »

Il n'eut pas le temps d'en dire plus : les gardes arrivaient, levant leurs armes.

« Ne le tuez pas ! cria Annette en se précipitant. C'est un enfant ! »

Les gardes reculèrent.

« Le capitaine décidera, cria le premier.

— Il a défendu de le laisser parler, rappela le deuxième. Recule, vieille ! »

Gros Guillaume allait pour se relever. Les gardes se ruèrent sur lui, repoussant Annette.

Gros Guillaume se retrouva debout plus vite qu'il ne le pensait, les mains brutalement attachées derrière le dos pour la deuxième fois de la journée, un bâillon de toile enfoncé dans la bouche. Des grands coups de pied à la chute des reins l'encouragèrent à se remettre en marche.

Dans la cour, d'autres gardes amenaient Alain, pareillement attaché et bâillonné. Ils furent entraînés tous deux vers la prison. Jérôme d'Enfer poussa un soupir de soulagement.

« Je m'en occuperai plus tard, murmura-t-il. Les diables... »

Pendant ce temps, la vieille Annette, dont personne ne s'occupait, courait aussi vite qu'elle le pouvait vers les appartements de la comtesse Mahaut.

« Un seul homme peut nous sauver de là », pensait-elle.

16

Les Écorcheurs attaquent

Le guetteur de la plus haute tour mit les mains devant ses yeux pour mieux voir un instant la troupe engagée dans la plaine. Satisfait, il saisit sa trompe et lança à pleine gorge un appel strident. Sortant de la forêt, le baron Clément le Noir s'avançait rapidement vers le château. La visière de son armure était baissée sur la tête. Derrière lui, son oriflamme dorée brillait au pâle soleil d'automne.

« Tiens, pensa le guetteur en reposant son instrument, sa suite est plus nombreuse que de coutume. Il y a bien cinquante hommes avec lui... Pourvu qu'à la cuisine ils aient vu grand, autrement ce sont nos rations à nous qui vont diminuer... »

Ce fut là son seul commentaire.

Jérôme d'Enfer entendit l'appel de la trompe qui le fit sursauter ; il se précipita aux créneaux. Un sourire sardonique éclaira son visage méchant. Non, il n'y avait pas à se tromper : c'était bien José-François l'Espagnol, tout se déroulait comme prévu.

Le comte Louis entendit lui aussi le guetteur. Avec d'autant plus de plaisir qu'il était en train de jouer aux échecs avec Colin le Triste, et qu'il perdait. Aussi se leva-t-il brusquement. D'un revers de main il renversa les lourdes pièces d'ivoire sur l'échiquier.

« Dommage pour moi, Colin, dit-il. J'allais vous mettre échec et mat. »

L'autre ne répondit rien. Il connaissait trop son maître. Et puis il avait trop sommeil après ses nuits de veille.

« Où es Mahaut ? demanda le comte. Je voudrais qu'elle soit là pour accueillir le baron. Qu'on aille la quérir sur-le-champ ! »

Un serviteur se précipita.

Suivi de Colin, le comte Louis sortit de la salle et s'en fut à la rencontre de celui qu'il croyait être son invité.

« Les appartements sont-ils prêts ? » demanda-t-il en chemin.

Colin le Triste fit oui de la tête.

Les gardes s'affairaient, baissant le pont-levis. S'approchant, le comte remarqua subitement avec une certaine surprise que Jérôme d'Enfer, debout près de la porte, n'avait point revêtu quant à lui des habits de fête. Son corps était couvert d'une armure de combat : une cotte d'armes harnachée de cuir soutenant l'épée et la dague.

Il n'eut pas le temps de faire une réflexion. Celui qui entra le premier au château, en tête de la troupe, portait aussi une armure et le casque à la visière baissée. Et les hommes arrivant à sa suite mettaient la main aux gardes de leurs armes. Et dans l'homme à l'armure, le comte Louis ne reconnaissait pas Clément le Noir... Qu'est-ce que cela signifiait ?

Mais soudain un cri jaillit, lancé d'une voix vibrante :

« Trahison ! ce sont les routiers ! »

Sorti on ne sait d'où, c'était Jehan de Loin, le trouvère, les yeux flamboyants, l'épée à la main, ramassé sur ses jambes, légèrement penché en avant, prêt à bondir...

Lorsque les seigneurs l'avaient percé de coups dans la grande salle du château, Mahaut l'avait sauvé. Profitant de l'affolement général, elle l'avait traîné évanoui, avec Annette la servante, jusqu'à la tour Hugues. Comment trouver une cachette plus sûre ? Annette lui avait porté chaque jour à manger et à boire, tandis que la comtesse Mahaut, de ses blanches mains, étendait sur ses plaies des baumes venus d'Orient.

Guéri, quoique un peu faible encore, mais soutenu par l'imminence du danger, il accourait au secours du château menacé, et de Mahaut qui lui avait sauvé la vie. Son cri détourna un instant l'attention des Écorcheurs et réveilla le comte et les gardes. Ce fut peu sans doute, mais suffisant pour éviter l'effet complet de surprise.

Louis réagit en premier, bondit en arrière, criant aussi :

« Trahison ! »

À son tour, se voyant découvert, José-François répliqua sauvagement :

« Sac et mort ! »

Il éperonna son cheval qui bondit en avant. Comme une vague furieuse, les routiers se précipitèrent à sa suite.

Les gardes du château se conduisirent avec vaillance. Ceux qui ne tombèrent pas tout de suite engagèrent le combat sans hésiter, bien qu'inférieurs en nombre et inférieurs aussi par la position, les assaillants les dominant pour une bonne part du haut de leurs chevaux. Aux cris, d'autres gardes accoururent. Des remparts, quelques traits d'arbalète bien ajustés percèrent les Écorcheurs... Mais surtout Jehan de Loin faisait merveille. Son épée frappait durement, tenant en respect toute une rangée d'ennemis, lui-même évitant avec adresse les chocs et les ruades.

Dans la cour du château, entre les tentes blanches dressées pour le tournoi, une série de combats s'engagea, combats furieux qui ne pouvaient durer longtemps à ce rythme. Le comte Louis faisait de son mieux, tout enragé d'avoir été joué. Même Colin le Triste, complètement réveillé, se servait d'une longue pique avec autant de vigueur qu'en mettaient ses cuisiniers à manier leurs broches à volailles, un soir de festin.

La comtesse Mahaut, éperdue, regardait les hommes se battre, cherchant dans sa tête comment venir en aide à son père et à Jehan. Faute d'idée meilleure, elle se précipita vers la prison. Les gardiens combattaient dehors, les grosses clefs gisaient sur un coffre de bois graisseux auréolé de taches de vin. Elle les saisit fébrilement, ouvrit la première porte... Alain et Gros Guillaume gisaient dans le cachot, ficelés et bâillonnés. Elle les libéra, coupant les liens avec son poignard.

« Vite ! leur cria-t-elle quand ils furent debout, frottant leurs poignets, remuant leurs membres engourdis. Vite ! vous serez récompensés... »

Elle leur montra le champ de bataille. Alain n'hésita pas : il se précipita dehors, saisit au passage la première arme qui lui tomba sous la main, une lourde épée appartenant à un routier blessé, geignant à terre... Gros Guillaume ne put faire mieux que de suivre son ami, intimidé surtout par la présence de la comtesse. Son arme à lui fut une grosse bûche de bois, bien noueuse.

Cela ne faisait qu'un maigre secours, Alain et Gros Guillaume... Avec effroi, Mahaut remarqua le fléchissement des gardes du château ; ils commençaient à reculer, pas à pas encore, mais elle sentait venir pour bientôt la débandade complète. Seul Jehan de Loin faisait toujours face avec vigueur, monté maintenant sur un cheval pris à l'ennemi... Colin le Triste venait de briser sa pique, et le comte Louis, brusquement ensanglanté par un coup de fléau, tomba sur les genoux, la poitrine ouverte, son rude visage d'habitude haut en couleurs devenu d'un seul coup blanc comme de la cire...

Et voilà brusquement, oh ! miracle ! voilà que par le pont-levis abaissé entrèrent en courant une quinzaine d'hommes aux larges épaules. Leurs minces cottes de toile étaient déchirées et sales, leurs pieds étaient noirs et nus, mais leurs bras musclés brandissaient des haches bien aiguisées... C'étaient les bûcherons rassemblés par Pierrot.

Jérôme d'Enfer blêmit en les voyant arriver, José-François l'Espagnol hurla de rage. En vain. Le combat changeait vite de face. Des chevaux s'abattirent ; les armures des routiers résonnaient sous les cognées et les Écorcheurs tombaient presque aussi facilement que les arbres dans la forêt... Ils se défendaient pourtant et connaissaient mieux que personne l'art de bien se battre. Mais les nouveaux renforts avaient fait pencher la balance, malgré l'avantage des chevaux (qui d'ailleurs pour beaucoup ne possédaient plus de maîtres et couraient affolés, sans but, le long des murs)...

Les bûcherons frappaient, et les gardes survivants retrouvaient leur courage, comme les simples valets du château, les palefreniers, les cuisiniers, accourus eux aussi avec des armes de fortune. Et Colin le Triste ramassa une pique entière, et Alain, les yeux brillants, bondissait comme un démon, et jusqu'à Gros Guillaume enfiévré qui se trouva une vigueur nouvelle pour abattre (par-derrière, il est vrai) sa grosse bûche noueuse sur la tête des routiers.

Mahaut, voyant la victoire proche, poussa un cri de joie qui fit tourner la tête au capitaine Jérôme d'Enfer.

Elle n'avait pas encore remarqué, Mahaut, son père le comte Louis gisant sur le sol de terre battue, dans une mare de sang : sa cotte de damas, garnie d'hermine, n'était point faite pour amortir les grands coups.

Les routiers maintenant cherchaient leur salut dans la fuite. En grande confusion, les survivants refluaient vers le pont-levis. Seuls les cavaliers avaient une chance de se sauver... Colin le Triste, le visage bouleversé, se pencha vers son seigneur :

« Nous avons gagné, dit-il. Les maudits sont en débandade. »

Dans les yeux du comte Louis passa comme une flamme vite éteinte. Puis, avec effort, en haletant, il demanda :

« Qui... Qui sont nos sauveurs ?

— Les bûcherons, monseigneur, répondit l'intendant.

— Récompense-les... et aussi le trouvère... »

Il murmura encore quelques mots que Colin seul entendit. Puis il demanda Mahaut sa fille, et s'évanouit sans entendre la réponse qu'on lui faisait.

« À moi ! cria Colin le Triste. Aidez-moi : il faut transporter le comte. »

Avec deux valets, ils le prirent le plus doucement possible, l'un par les épaules, l'autre par les pieds, le troisième soutenant le corps ensanglanté. Ils le transportèrent ainsi jusqu'à la grande salle, l'étendant sur une jonchée de feuilles recouverte de fourrures précieuses, la tête reposant sur un coussin de soie.

« Il faut le panser... murmura un valet.

— Est-ce la peine ? demanda un autre. Je crois qu'il est mort. »

Colin le Triste fit un signe de dénégation :

« J'entends son cœur qui bat, tout faiblement, dit-il, sans songer à cacher ses larmes. Où est la comtesse Mahaut ? »

Les domestiques, les gardes, tous se regardèrent.

« Où est la comtesse Mahaut ? »

17

La dernière bataille

L'appel courut à travers tout le château :

« Mahaut ! Madame la comtesse ! »

Les serviteurs criaient à qui mieux mieux, et Colin le Triste aussi de sa voix aiguë, et plus fort que tous les autres ; Jehan de Loin accourut.

Il fallut bien se rendre à l'évidence : Mahaut ne répondait pas. Jehan se précipita dehors comme un fou, le cœur tout à coup déchiré par l'angoisse. C'est un garde blessé qui se souleva péniblement de terre en désignant de la main la porte du château. Jehan y courut, leva les yeux : dans la campagne il découvrit quelques cavaliers fuyant et reconnut José-François l'Espagnol, et Jérôme d'Enfer tenant Mahaut devant lui sur sa selle. Cinq ou six Écorcheurs couraient à côté d'eux.

Jehan bondit vers les écuries, criant à l'aide. Bientôt un galop furieux l'entraîna à la poursuite des routiers. Ah ! non, il ne sentait plus ses blessures encore récentes, ni les fatigues du combat qui venait d'avoir lieu. Rien n'existait plus pour lui que ces points mobiles, fuyant au loin devant lui...

Sans trop savoir comment, Alain se retrouva aussi sur un cheval, galopant juste derrière Jehan. Et tout à côté, à deux sur un même coursier, Pierrot et Gros Guillaume, ce dernier affolé par la course, agrippé à son copain et déjà les fesses douloureuses de cogner sur la dure selle de cuir... D'autres gardes suivaient à plus ou moins longue distance.

Jehan n'avait au fond que peu de retard sur la troupe des fuyards. Jusqu'au sang il enfonçait les éperons dans les flancs du cheval. Le paysage défilait à une allure endiablée, mais il ne se souciait pas du paysage.

Jehan gagnait du terrain. Bientôt, il aperçut à nouveau les Écorcheurs disparus un instant derrière un bosquet. Sans cesse, le capitaine Jérôme ou bien José-François l'Espagnol se retournaient, le visage embrumé d'inquiétude. Eux aussi éperonnaient leurs montures à grands coups.

Jehan gagnait toujours du terrain. Alors un des Écorcheurs (c'était Bras de Fer) ralentit son allure pour essayer de retarder les poursuivants. Jehan et ses trois compagnons l'évitèrent par un écart de leurs montures, filant comme l'éclair, laissant les gardes derrière eux s'occuper du colosse. À deux reprises, l'Espagnol usa du même stratagème et bientôt ils restèrent seuls en course, Jérôme d'Enfer et lui, avec sur leurs talons seulement Jehan, Alain, Pierrot et Gros Guillaume.

Ils galopaient, ils galopaient... et personne semblait-il ne pouvait vaincre dans cette course éperdue. Le château était loin, bien loin déjà. Ils traversèrent un hameau, semant l'épouvante dans un paisible troupeau de moutons, conduit par les gardiens vêtus de peaux de bêtes.

La plaine semblait sans fin, comme la poursuite elle-même. Mais voilà que tout à coup le cheval de Jérôme d'Enfer, fatigué par sa double charge, fourbu, chancela et s'abattit. Lestement, Jérôme roula en boule, évitant le poids de la bête bien que gêné par la comtesse Mahaut. Il se releva aussitôt. Mahaut quant à elle, étourdie sous le choc, gisait inanimée par terre. Jérôme tira son épée, lançant en même temps un rauque cri d'appel :

« L'Espagnol ! »

José-François l'entendit, tourna la tête. Il hésita

un moment puis tira les rênes de son coursier, lui faisant faire un arc de cercle pour tourner. Jehan de Loin arrivait en trombe sur le capitaine, la lame haute.

« Arrête ! » hurla Jérôme d'Enfer.

Il avait relevé Mahaut, la tenait du bras gauche devant lui comme un bouclier :

« Un pas de plus et je la tue. »

Son arme brillait au-dessus de la tête de la jeune fille. Ses yeux luisants de peur disaient sa résolution cruelle.

À son tour, Jehan s'était arrêté net. Les chevaux de ses jeunes compagnons en firent autant. Gros Guillaume poussa un long soupir de soulagement en se laissant glisser à terre.

« Laisse-nous repartir, gronda une nouvelle fois Jérôme menaçant. Autrement... »

Ni lui ni José-François ne prenaient garde à Alain, occupés qu'ils étaient à surveiller les réactions du trouvère. Et Alain se trouvait près, tout près du capitaine d'Enfer... Et soudain il bondit comme un chat par-dessus l'encolure de son cheval. De tout le poids de son corps, il s'accrocha au bras armé de Jérôme, le paralysant, l'empêchant de frapper la comtesse Mahaut. Surpris, le capitaine lâcha la jeune fille pour chercher à se dégager. Pierrot déjà plongeait dans ses jambes, lui faisant perdre l'équilibre. Et jusqu'à Gros Guillaume qui fonçait de l'avant, magnifique de courage, n'ayant pour toute arme qu'un méchant bâton sec ramassé à l'instant même.

Mahaut recula. Surpris par l'attaque brutale des jeunes paysans, l'Espagnol furieux vola au secours de son complice. Mais sur son chemin il trouva Jehan, l'épée haute. Les deux cavaliers heurtèrent durement leurs armes.

Et la bataille commença : une bataille qui pour le capitaine d'Enfer ne ressemblait à aucune autre qu'il eût connue : trois diables agiles l'attaquant à la fois, de tous les côtés, le fatiguant, le frappant, le blessant de dix blessures... Et lui, empêtré, réussissant à peine à se redresser que déjà une poussée ou un croc-en-jambe l'envoyaient de nouveau à terre, lançant en vain de grands coups d'épée dans le vide.

Alain n'avait certes jamais entendu parler du siège de Troie, ni de Pâris qui atteignit de sa flèche le talon d'Achille, héros de l'*Iliade.* Cela ne l'empêcha pas de trouver le défaut de l'armure du capitaine d'Enfer et de percer d'un coup de poignard bien ajusté le talon de ce dernier, juste au-dessus de la chaussure, appelée poulaine, entre le soleret d'acier protégeant le pied et la jambière, partie de l'armure montant jusqu'aux genoux.

Le capitaine hurla de douleur et tomba à terre. Il se releva pourtant d'un effort de tout son être...

Pendant ce temps, Jehan de Loin et l'Espagnol frappaient d'estoc et de taille, à coups redoublés. Mahaut revenue à elle, mais livide et chancelante, les regardait, le visage épouvanté.

C'était un rude combattant que l'Espagnol. Maître de sa monture pourtant fatiguée, agile comme un tigre en dépit de son armure, il parait tous les coups et répondait sans faiblir. Jehan ne

lui laissait aucun répit, empourpré de fièvre et de colère, faisant bien attention qu'aucun coup ne l'atteigne, car il ne portait, lui, qu'une simple chemise de toile.

Son cheval, lui non plus, n'était point revêtu de son caparaçon de guerre ou de combat ; aussi quand il reçut en pleine tête le tranchant de la lourde lame de José-François, il s'abattit comme une masse, pliant ses jambes de devant les premières, entraînant le trouvère dans sa chute.

L'Espagnol poussa un cri de victoire, Mahaut un cri d'effroi. Penché sur sa selle, José-François chargea, la pointe de l'épée au sol, pensant clouer Jehan sur place. Celui-ci n'avait point le temps de se relever. Il sentit le vent de l'acier sur lui, se tortilla tel un serpent, et l'épée le frôla seulement d'un cheveu. Il n'eut en même temps qu'à tendre le bras pour saisir l'Espagnol, et ce dernier, désarçonné, roula près de lui à terre.

La lutte reprit, cette fois-ci, en un corps à corps furieux, où les larges dagues dégainées remplacèrent les épées. Quand les épaules de l'Espagnol touchèrent le sol, il se rua en avant d'une secousse folle. Au même moment le bras droit du trouvère se détendit avec force, frappant du poignard José-François entre les deux yeux.

C'est ainsi que mourut l'Espagnol, dont le nom resta très longtemps célèbre, comme celui d'un des chefs des Écorcheurs les plus cruels qu'on ait jamais connus.

Et Jehan de Loin, se relevant, vit les trois compagnons qui entouraient le capitaine d'Enfer ; celui-ci, debout sur un pied, pouvait à peine poser le deuxième à terre. Son épée devant lui faisait des moulinets désordonnés. Le sang coulait de son visage blessé :

« On va rire », cria Pierrot.

Il ramassa une nouvelle pierre, bien pointue, prit son élan pour la jeter de toutes ses forces. Alain se précipita, arrêtant son geste.

« Attends, cria-t-il, c'est Jehan qui doit le tuer.

— Pourquoi ? » cria à son tour Gros Guillaume.

Lui aussi tenait un lourd silex à la main... Jehan de Loin, interdit, regardait la scène, prêt à intervenir, étonné des paroles d'Alain.

« Jérôme d'Enfer, cria celui-ci, montre-nous donc ton bras droit et le serpent tatoué dans ta chair. »

Jehan frissonna. Il comprenait... Le capitaine, lui, à ce moment, gémit d'une voix sourde, comme si la phrase du jeune paysan l'avait frappé au cœur. Ses blessures profondes faisaient leur effet fatal : il eut un soubresaut terrible et tomba par terre de tout son long, en lâchant son épée...

Il ne bougeait plus, une grimace haineuse sur son visage. Jehan de Loin s'approcha et se pencha :

« Il est mort », dit-il.

Alain, Pierrot et Gros Guillaume le regardèrent, gisant, sans en croire leurs yeux.

Jehan de Loin dégagea sans rien dire le bras droit de Jérôme, découvrit le serpent tatoué. Il était pâle : une larme jaillit de ses yeux, coula lentement le long de son visage. C'était le souvenir de sa famille assassinée par les Écorcheurs du Vivarais.

« Merci », dit-il simplement à Alain, en relevant la tête.

Mahaut rompit l'enchantement en poussant un cri de joie et en s'élançant vers le trouvère. Dans le ciel, attirés déjà par les cadavres, des oiseaux de proie accouraient, avec de longs tournoiements d'impatience.

Ils rentrèrent lentement au château, ménageant les chevaux. Jehan de Loin racontait à Mahaut l'histoire de sa jeunesse et la mettait au courant avec ménagement de la blessure du comte Louis.

Alain pensait à sa mère. Pierrot à la joie des paysans délivrés pour toujours du capitaine d'Enfer. Gros Guillaume, les fesses douloureuses, se disait que les émotions creusent encore l'estomac.

Épilogue

« Jetez la corde. »

Par l'ouverture béante, elle fila.

« Maman, cria Alain, m'entends-tu ? »

Personne ne répondit.

« Je vais descendre. »

Alain empoigna le filin. Les geôliers (deux colosses) le retenaient fermement. Les murs suintaient d'humidité, une faible lueur pointait d'une meurtrière haute, garnie de barreaux de fer... Pierrot et Gros Guillaume se penchèrent.

« As-tu besoin d'aide ? » cria Pierrot.

Alain ne répondit pas. Au bout d'un instant, les geôliers remontèrent la corde. Et la tête d'Alain parut du trou sombre. Il tenait sa mère serrée contre lui. La vieille Annette se précipita...

Alain, tout pâle, retenait son souffle.

« Elle est morte ? Demanda Gros Guillaume sans penser à mal.

— Imbécile ! cria Annette. Elle n'est pas plus morte que toi. Portez-la dans ma chambre. Je vais la nourrir, la soigner. Alain, tu pourras venir l'embrasser tout à l'heure. »

Le héraut d'armes sonna la fin des combats. Jehan de Loin releva la visière de son casque et sourit.

« Noël ! cria la foule.

— Noël ! criaient plus fort que les autres nos trois compagnons.

— Il a vaincu les meilleurs de la province ! s'extasia Gros Guillaume.

— Ah ! si j'avais une lance, une armure, un cheval... » soupira Alain, rouge d'excitation.

Jehan de Loin se dirigeait maintenant lentement vers la tribune d'honneur où trônaient les invités du comte Louis. Là, Mahaut souriait, elle aussi, heureuse de voir le trouvère victorieux.

« Puis-je vous dire un mot ? demanda un seigneur à l'oreille du comte.

— Parlez...

— Je sais que vous faisiez le projet de marier Madame votre fille avec Clément le Noir... Pauvre baron, il est mort.

— Et alors ?...

— Alors, comte, permettez-moi de vous rappeler que mes terres aussi jouxtent celles de Maldoret et que mon fils serait tout désigné pour...

— Pardon ! »

Un autre seigneur, assis à la gauche du comte, venait d'interrompre la conversation :

« Pardon, dit-il encore. Je vous entends parler et dois vous dire que je suis veuf et que mes titres l'emportent largement sur ceux de quiconque. Je serais donc comblé si dame Mahaut acceptait d'être ma femme, à moi. »

Le comte Louis leva ses mains en signe d'apaisement :

« Ne vous disputez point, amis... Pour ne rien vous cacher je crois que ma fille a déjà fait son choix.

— Comment ! » s'exclamèrent en chœur les deux hommes.

Le comte regardait Jehan de Loin s'incliner

devant Mahaut et s'approcher ensuite de lui. Les deux seigneurs levèrent aussi les yeux et comprirent.

« Par le diable ! un trouvère...

— Et que dira le roi de France, notre suzerain à tous ? »

Jehan de Loin avait entendu la fin de la conversation et deviné de quoi il s'agissait :

« Le roi de France est loin, dit-il d'une voix calme. Et vous devriez savoir que de très grands seigneurs furent des trouvères comme je le suis : Conon de Béthune qui prit part à deux croisades, Blondel de Nesle, ami du roi Richard Cœur de Lion, Thibaut de Champagne, et le prince Jaufré Rudel, celui qui se croisa pour l'amour de la comtesse de Tripoli bien qu'il ne la connaisse pas, et qui mourut à l'instant même où il parut devant ses yeux...

— J'ai beaucoup réfléchi, amis, dit lentement le comte Louis. Longtemps ma vie n'a tenu qu'à un fil après cette attaque des Écorcheurs. Je ne veux que le bonheur de ma fille...

— Je suis trouvère et noble, ajouta Jehan. Mais cela m'importe peu au fond : Bernard le troubadour, le plus grand d'entre nous, était fils d'un archer du château de Ventadour et d'une simple servante. Pourtant Aliénor d'Aquitaine l'aima, qui

fut deux fois reine, d'Angleterre et de France... Pour le reste, si quelqu'un demeure insatisfait, je suis prêt à m'en remettre au jugement de Dieu, en champ clos et l'épée à la main. »

À ces dernières paroles, les deux seigneurs se rappelèrent que Jehan de Loin venait de vaincre les lances les plus renommées de toute la province.

Ils baissèrent la tête.

Les seigneurs du voisinage s'en retournèrent, le nez long, sans rien dire, au moins ouvertement.

Et c'est ainsi que bientôt Jehan de Loin épousa la comtesse Mahaut. Alain, dont la mère se remettait doucement de ses émotions, Alain devint page du château.

Pierrot retourna avec les bûcherons, sa famille. Attaché cette fois-ci définitivement aux cuisines, Gros Guillaume vécut désormais dans un bonheur sans mélange, avec pour seule préoccupation, celle d'avoir à élargir régulièrement son haut-de-chausses, d'où son ventre débordait toujours plus.

Dans le comté de Maldoret, il y eut désormais davantage de bonheur pour tous. Et l'hiver fut moins rude, puisque Jérôme d'Enfer n'était plus qu'un mauvais souvenir, de ceux que l'on raconte aux veillées, le soir, en hochant la tête aux bons endroits, tout en mangeant des châtaignes...

Table

« Pour l'éditeur, le principe est d'utiliser des papiers composés de fibres naturelles, renouvelables, recyclables et fabriquées à partir de bois issus de forêts qui adoptent un système d'aménagement durable. En outre, l'éditeur attend de ses fournisseurs de papier qu'ils s'inscrivent dans une démarche de certification environnementale reconnue. »

Composition JOUVE – 53100 Mayenne
N° 293659j
Imprimé en Espagne par BLACK PRINT CPI IBERICA S.L.
32.10.2548.9/06- ISBN : 978-2-01-322548-9
Loi n° 49-956 du 16 juillet 1949 sur les publications destinées à la jeunesse
Dépôt légal : janvier 2013